Der Fluch von Gárbeth

Manchmal helfen nicht Wissen und Erfahrung, sondern nur der richtige Blick im richtigen Moment.

Ser-Aloi

René Bote / Martin Felsesbach

Der Fluch von Gárbeth

*Bibliografische Information der Deutschen National-
bibliothek:*
*Die Deutsche Nationalbibliothek verzeichnet diese
Publikation in der Deutschen Nationalbibliografie;
detaillierte bibliografische Daten sind im Internet
über http://dnb.dnb.de abrufbar.*

Titelfoto: Martin Felsesbach
Umschlaggestaltung: René Bote / Martin Felsesbach

*Herstellung und Verlag: BoD – Books on Demand,
Norderstedt*

*ISBN: 978-3-**7460-3487-4***

Inhalt

Vorwort

Irgendwas stimmte nicht, und das schon seit Tagen. Auf der Suche nach der Quelle seiner Unruhe ließ der Drache den Blick über den Horizont streifen. Dass die Menschen unten im Tal einmal mehr gegenseitig ihre Lebensgrundlage zerstörten, um Gebietsansprüche durchzusetzen oder Steuerquellen zu gewinnen, wie sie es nannten, konnte es allein nicht sein. Das taten sie schließlich ständig, Neid und Gedankenlosigkeit waren Worte, die der Drache für das fand, wofür Unzählige unnütz alles, was ihnen lieb war, und oft auch das Leben verloren.

Immerhin, ging es ihm durch den Kopf, gab es hoffnungsvolle Ausnahmen, auch im Dorf unter ihm lebten zwei noch junge Menschen, die früh verstanden hatte, dass nur Zusammenhalt und gegenseitige Unterstützung etwas bewegen konnten. Aus ihnen konnte wirklich etwas werden.

Unvermittelt spürte er eine Welle von Energie, unzweifelhaft das Ergebnis starker Magie. Zu starker Magie, denn kein Lebewesen, das hier seine Heimat hatte, nichts, was er je hier gesehen hatte, konnte so starke Magie wirken. Der Drache änderte seine Flugrichtung und schoss durch die Wolken dorthin, wo er den Ursprung der Energiequelle vermutete, doch alles, was er dort fand, waren die Überreste einer heftigen kriegerischen Auseinandersetzung, Leichen, zerstörtes Gerät und ein eingerissener Staudamm.

Die Art des gewirkten Zaubers ließ sich daraus nicht mehr ablesen, es gab nur die Energie, die dabei in die Umgebung abgestrahlt worden war und sich immer noch erhielt. Genau genommen musste der Zauber nicht einmal etwas mit der Schlacht unten zu tun gehabt haben, auch wenn der Verdacht sich natürlich aufdrängte. Der Drache forschte mehr als eine Stunde lang nach, auch in der Umgebung des Schlachtfelds hoch in den Bergen, fand aber nichts und niemandem, dem er eine Magie der gespürten Stärke zutrauen durfte. Entweder hatte sich derjenige in seinem Zauber aufgelöst, ein typischer Fehler für Menschen, die magisch begabt waren, ohne ihre Kraft ausreichend einschätzen zu können, oder aber der Zauber diente dem Transport desjenigen, der ihn gewirkt hatte, dann wäre alles nach Plan verlaufen, und der Wirkende konnte inzwischen überall sein.

Während die erste Möglichkeit jede weitere Gefahr zumindest von Seiten dieser Person ausschloss, war die zweite eher beunruhigend. Um die Sache auf sich beruhen zu lassen, war es auf jeden Fall noch zu früh, und der Drache wollte auch nicht abwarten, bis die Antwort auf den Zweck des unbekannten Zaubers über die Welt hereinbrach. Weil er wusste, dass es am Ende ein großer Vorteil sein konnte, wenn ihn niemand auf der Rechnung hatte, beschloss er jedoch, vorerst nicht selbst in Erscheinung zu treten, sondern die beiden jungen Menschen, an die er eben noch gedacht hatte, als Beobachter zu ensenden. Jore und Meira verfügten über Fähigkeiten, die anderen Menschen nicht hatten, ein überaus gutes Urteilsvermögen und eine Lebenserfahrung die weit über die manch alten Mannes hinausging. Ihnen konnte er vertrauen, und sie würden verhindern, dass die Menschen am Ende ihn für ihr selbstverursachtes Unglück verantwortlich machten; damit hatten sie schon einmal unvorstellbares Unglück über sich gebracht, und er hatte sich vrogenommen, so etwas auf keinen Fall noch einmal zuzulassen.

Jore wurde von den ersten Sonnenstrahlen geweckt und hatte mit dem Öffnen der Augen schon den ersten Fuß aus dem Bett. Das Frühstück war schon vorbereitet, dafür hatte er am Abend schon gesorgt, um jetzt Zeit zu sparen. Er wollte sein Arbeitspensum in der Mine möglichst früh geschafft haben, um anschließend seiner Freundin Meira auf dem Hof helfen zu können. Normalerweise arbeiteten sie gemeinsam in der Mine, aber im Moment wurde auf dem Hof jede Hand gebraucht. Auch Jores Pensum in der Mine war verkürzt, seit sein Vater die Strafe für seine Untaten verbüßte, führte seine älteste Schwester zusammen mit ihrem Mann den elterlichen Hof, und Jore und Meira wechselten sich damit ab, auf den Hof der jeweils anderen Familie zu helfen. Sie waren harte Arbeit gewöhnt, aber wenn sie konnten, dann versuchten sie doch, sich Zeit freizumachen für sich selbst oder um sich mit den anderen Kindern des Dorfes zu treffen.

Auf dem Weg zur Mine kam Jore zwangsweise am Hof von Meira vorbei. Die Läden vor dem Fenster, hinter dem sie ihre Schlafstube hatte, waren noch geschlossen, aber durch die schmalen Ritzen konnte Jore einen Schatten erkennen, der sie bewegte. Meira war also auch schon wach.

Normalerweise wäre Jore trotzdem weitergegangen, für mehr als einen flüchtigen Gruß wäre ohnehin keine Zeit gewesen, wenn er nicht die erhoffte gemeinsame Zeit ohne Pflichten am Abend gefährden wollte, aber irgendwas störte das Gesamtbild, ohne dass er auf Anhieb sagen konnte, was. Erst als er genauer nachschaute, wurde ihm klar, dass es die Fußspuren neben Meiras Fenster waren, Abdrücke großer, krallenbewehrter Füße, deren Abstand zueinander von einer gigantischen Größe des Verursachers zeugten. Da brauchte Jore nicht lange zu überlegen, wer diese Abdrücke hinterlassen hatte, es gab nur ein Wesen, das dafür in Frage kam: Ser-Aloi.

Er wusste nicht, ob er sich freuen sollte, dass der Herr des Berges ein Zeichen gab, oder ob es der Vorbote schlechter Nachrichten war. Ob Meira etwas wusste? Immerhin war es Meiras Fenster, vor dem die Abdrücke zu sehen waren, und es würde Ser-Aloi nicht schwer gefallen sein, sie zu wecken, ohne dass sonst jemand etwas merkte. Allerdings hätte Meira in diesem Fall darauf geachtet, ihn, Jore, nicht zu verpassen, wenn sie nicht gleich zu ihm gekommen wäre, deshalb nahm Jore an, dass sie noch ahnungslos war.

Der Gruß des Nachtwächters riss Jore aus seinen Überlegungen. „Mal wieder früh unterwegs, wie?" „Sagt der, der ins Bett geht, wenn andere aufstehen", scherzte Jore. „Hattest du eine ruhige Nacht?" „Geht", antwortete der Wächter. „Einmal hat eine Katze Radau gemacht, irgendwo in den Wiesen hinter eurem Hof, aber zu sehen war nichts, und sonst war Ruhe." „Vielleicht Revierkämpfe", behauptete Jore. „Kennt man ja." Die Katze hatte vermutlich einen guten Grund gehabt, sich aufzuregen, und er hatte den Verdacht, dass Ser-Aloi eigentlich oder auch ihm einen Besuch hatte abstatten wollen, sich aber wegen des Nachtwächters anders entschieden hatte.

Durch die Arbeit bedingt hatte Jore erst am Abend Gelegenheit, unter vier Augen mit Meira zu sprechen. In die Mine ging sie derzeit ja nicht, und auf dem Feld waren immer auch andere in Hörweite gewesen, und was auch immer Ser-Aloi dazu getrieben hatte, ins Dorf zu kommen, es wäre sicher nicht in seinem Sinne gewesen, wenn sein nächtlicher Besuch publik wurde. Er erzählte Meira, was er gesehen hatte, und sie versicherte ihm, dass sie nichts von Ser-Alois Anwesenheit gemerkt hatte. Natürlich hätte sie Jore andernfalls gleich geweckt, das musste sie nicht eigens betonen, und dass sie auch die Spuren vor ihrem Fenster nicht bemerkt hatte, wunderte ihn nicht weiter. Man brauchte schon gute Augen, um sie zu sehen, möglicherweise war er der einzige, dessen Augen so beschaffen waren, dass er sie sehen konnte.

Sein scharfer Blick war es auch, der Ser-Alois Hinterlassenschaft entdeckte, eine ledrige, dunkelgrüne Drachenschuppe, aber selbst er musste eine Weile suchen, bis er sie zwischen den Leisten des rechten Fensterladens entdeckte. Der Laden bestand aus einem inneren und äußeren Rahmen, die gemeinsam die dünnen Querleisten hielten, und genau zwischen diese Rahmen hatte Ser-Aloi oben die Schuppe geschoben.

Rasch verbarg Meira den Fund unter ihrer Kleidung, denn es war klar, dass niemand sonst ihn sehen durfte. „Lass uns zum Fluss gehen!", schlug sie vor. „Dort sind wir ungestört." Das wussten sie aus Erfahrung, sie kannten die Ecken, die außer ihnen niemanden interessierten, und Jores Gehör war in den Jahren, in dem es sein wichtigster Sinn gewesen war, so geschult worden, dass es schlichtweg unmöglich war, sich ihm durch das Unterholz bis auf Hörweite zu nähern, ohne dass er es hörte.

Doch auf den ersten Blick wirkte die Schuppe in keiner Weise ungewöhnlich, das Einzige, was Jore auffiel, war, dass Ser-Aloi sie nicht in Hektik ausgerissen oder in einem Kampf verloren hatte; dafür war die Abrissstelle zu gleichmäßig. War die Schuppe ein Hinweis, zu ihm zu kommen? Irgendeine Prüfung? Einfach ein Geschenk zwischendurch, damit sie ihn nicht vergaßen? „Nimm du sie!", bat Jore seine Gefährtin. „Bei mir ist die Gefahr zu groß, dass jemand sie findet." Er teilte sich die Schlafstube jetzt, nachdem der Vater nicht mehr im Haus wohnte, mit drei Schwestern, weil der Mann seiner ältesten Schwester mit in die Stube gezogen war, die sich vorher Jores beiden älteren Schwestern geteilt hatten, da gab es einfach kein Versteck, dass die Mädchen nicht zufällig finden konnten.

Er wollte noch einmal kurz über die Schuppe streichen, während er sie Meira zurückgab, und es war dieser Moment, in beide die Schuppe mit beiden Händen berührten, als auf der Innenseite eine Inschrift erschien. Mit Tinte geschrieben war sie nicht, eher überaus präziese eingebrannt, und offenbar mit einem Zauber belegt, der dafür gesorgt hatte, dass sie erst sichtbar geworden war, als Jore und Meira allein gewesen waren.

Das Dorf am Fuß des Passes von Garbéth braucht dringend eure Hilfe. Es gab eine Schlacht, und irgendetwas, das sich nicht richtig greifen lässt. Geht dorthin, helft, wo ihr könnt, und haltet die Augen auf. Ich will versuchen, euch so gut wie möglich zu unterstützen, aber es scheint mir besser, mich zu diesem Zeitpunkt nicht zu zeigen.

Jore, der den Brief – denn nichts anderes war es – leise vorgelesen hatte, ließ die Hand mit der Schuppe sinken. „Wir brechen sofort auf, oder?", sagte er, und Meira nickte schlicht.

I

Die Berge von Feyn lagen dort, wo das Reich Albeit im Westen endete. Schon vor hunderten von Jahren war die höchste Kette des Gebirges als Grenze festgelegt worden, doch nie hatte sie für mehr als ein paar Sommer und Winter Ruhe gefunden. Die fruchtbaren Täler auf der Seite Albeits weckten immer wieder das Begehren der Könige des benachbarten Reichs Onyl, denn die Dörfer dort hatten ihr Auskommen und standen für gute, verlässliche Steuereinnahmen. Die westliche Seite dagegen warf kaum etwas ab, die hohen Berge waren auch Wetterscheide, und die wenigen Menschen, die auf der Seite Onyls in den Bergen siedelten, konnten den kargen, trockenen Böden nur gerade eben abringen, was sie zum Leben brauchten.

Es gab nur wenige Wege, die über die Grenze führten, und der wichtigste war der Pass von Gárbeth, ein steiniger Pfad, der sich durch den tiefsten Einschnitt der Bergkette wand. Es war auch der einzige, der breit und fest genug war, um ihn mit vielen Männern und schweren Lasten zu gehen, deshalb hatte König Celtern von Onyl keine Wahl, als seine Soldaten dort entlang zu schicken, wenn er den Angriff auf Albeit wagte. Natürlich wusste König Archal von Albeit um die Gefahr, aber die Passhöhe war schwer zu sichern. Die Gegebenheiten machten es unmöglich, dort eine Festung zu errichten und so viele Soldaten zu versorgen, wie nötig gewesen wären, um den Überweg zu verteidigen. Um sein Land nicht völlig ungeschützt zu lassen, hatte König Archal im Tal eine Feste bauen lassen und eine Garnison aus bergerfahrenen Soldaten stationiert, die Angreifer aus dem Nachbarreich abfangen und zurück über die Grenze treiben sollte.

Wie oft König Celtern versuchte, sein Reich um die fruchtbaren Täler zu erweitern, konnte man erahnen, wenn man die Jugend der Dörfer fragte, welche kriegerischen Ereignisse sie in ihrem Leben schon gesehen hatten. Kvanagh, Sohn des Dorfvorstehers im letzten Dorf vor dem Anstieg, erlebte seinen siebzehnten Sommer, und er konnte sich an drei große Schlachten erinnern, die in der Nähe getobt hatten. Einmal hatte es einen Überfall in den ersten Frühlingstagen gegeben, und die Soldaten König Archals hatten die Eindringlinge erst zur Mitte des Sommers wieder vertreiben können.

Jeder dieser Überfälle hatte schwerwiegende Folgen für die Dörfer am Passweg. Überall wurden waffenfähige Männer zur Unterstützung der Garnison verpflichtet, Frauen, Kinder und Alte mussten die Feldarbeit allein bewältigen. Die Soldaten forderten Lebensmittel und Pferde, die Schmiede hatten Waffen zu fertigen, Gerber und Sattler Rüstungsteile, die Heiler behandelten die Verwundeten. Das Dorf, in dem Kvanagh lebte, war immer am schlimmsten betroffen, denn es lag ganz am Ende des Tals unterhalb des Passes von Gárbeth, noch näher am Anfang des Gebirgssteiges als die Feste der Garnison. Es war immer wieder diese Stelle, an der die Soldaten die Eindringlinge aus Onyl stellten, die Stelle, an der die Angreifer noch zusammengedrängt den Steig herabkamen, die Männer König Archals aber genügend Bewegungsfreiheit besaßen, um sie in die Zange zu nehmen. Jede Schlacht hinterließ dem Dorf verwüstete Felder, von denen allenfalls noch wenig Ernte zu erwarten war, und tote Soldaten, die schnellstmöglich bestattet werden mussten. Es kam immer wieder vor, dass spielende Kinder oder Frauen auf der Suche nach Pilzen, Kräutern und Beeren auf halb verweste Leichen oder Skelette stießen.

Auch in Kvanaghs siebzehntem Sommer schickte König Celtern seine Soldaten wieder über die Passhöhe. Es war eine kleinere Gruppe als noch ein Jahr zuvor, als er das Tal zuletzt überfallen hatte, aber sie war gut gerüstet und kam mit einer neuen Taktik. Es schien so, als hätte König Celtern schließlich eingesehen, dass es nicht gelingen konnte, die Garnison, die unten im Tal die Grenze sicherte, mit großer Macht zu überrennen, weil sich zu wenige seiner Soldaten gleichzeitig auf dem Steig bewegen konnten. Stattdessen hatte er die klügsten Köpfe seines Reiches beauftragt, etwas zu erfinden, das es seiner Armee ermöglichte, bis ins Tal vorzudringen, ohne auf dem Weg schon entscheidende Verluste zu erleiden.

Nun drangen die Soldaten im Schutz einer tragbaren Deckung vor, eines Verhaus aus Holz, der mit Metallplatten beschlagen war. Er bestand aus einzelnen Elementen, die leicht, aber trotzdem fest waren und einfach miteinander verhakt werden konnten. Die ersten Reihen hielten die Platten vor sich, die anderen über sich, es war nahezu unmöglich, auch nur einen einzigen Angreifer mit dem Pfeil zu treffen, und die Metallbeschläge schützten das Holz vor Brandpfeilen. Mit zwei Stacheln in den Boden gerammt und mit einem dritten verkeilt, waren sie in wenigen Augenblicken so fest verankert, dass König Archals Männer den Sturmangriff, der eine Bresche schlagen und den Kampf Mann gegen Mann eröffnen sollte, erfolglos abbrechen mussten. Nur zwei der Männer, die es versucht hatten, behielten ihr Leben und kehrten zurück, die anderen blieben tot zu Füßen der Eindringlinge liegen.

König Archals Mannen mussten zurückweichen, und Kvanagh befürchtet das Schlimmste für sein Dorf. Er wusste nicht, wovor er mehr Angst haben sollte – davor, nicht länger als Knabe verschont zu werden, wenn die Männer zu den Waffen gerufen wurden, oder vor Brandschatzung und Vergewaltigungen, wenn König Celterns Soldaten durchzogen?

Doch der Kommandant der Eindringlinge schien ein kluger Taktiker zu sein. Er wusste, dass die letzte Schlacht noch nicht geschlagen war, dass er die Disziplin seiner Soldaten wahren musste, und dass er seine Truppe verwundbar machte, wenn er gestattete, die Deckung zu öffnen, um über das Dorf herzufallen. Die Soldaten der Garnison waren zurückgewichen, aber sie waren noch in der Nähe. Die Kampfkraft, die sie durch den Verlust der Sturmspitze eingebüßt hatten, war nicht gravierend, auch wenn es gute Leute gewesen waren, und Verstärkung würde vielleicht einige Zeit brauchen, aber der Kommandant der Garnison konnte jederzeit nach ihr schicken und würde sie bekommen. Bis dahin mussten der Passübergang und das Vorland gesichert sein, um weitere Truppen aus Onyl nachführen zu können.

II

Die Menschen in Kvanaghs Dorf wussten, dass das Schicksal nur kurz an ihnen vorübergegangen war. Aus taktischen Erwägungen waren sie zunächst verschont worden, aber sollten die Soldaten aus Onyl tatsächlich die Oberhand behalten, dann würden sie sich schadlos halten. Nachrückende Soldaten, die wussten, dass sie an dieser Stelle mit keinem Widerstand zu rechnen hatten, würden rauben, was immer sie fanden, und ihre niedrigsten Gelüste an allen ausleben, derer sie habhaft wurden. Vielleicht würden sie die Umgebung über Wochen belagern, denn König Archal würde nicht zulassen wollen, dass König Celterns Soldaten auch nur einen Fuß breit weiter ins Land vorrückten, und ihnen weitere Truppen entgegenwerfen, die sie aufhalten sollten.

Kvanaghs Vater und die anderen wichtigen Männer des Dorfes berieten, was zu tun war. Dabei gab es eigentlich nichts, was sie hätten tun können: Sie konnten das Dorf nicht einfach im Stich lassen, nicht nur, weil es auf den Feldern zu viel zu tun gab und die Menschen auf die Ernte angewiesen waren, sondern auch, weil der einzig denkbare Unterschlupf, eine Höhle weit oben in einem engen Seitental, nicht für alle Platz bot. Man hätte höchstens Alte, Frauen und Kinder dorthin schicken können, aber das hätte die Gefahr für sie kaum verringert. Sobald die Vorräte, die sie mitführen konnten, aufgebraucht gewesen wären, wären sie darauf angewiesen gewesen, dass ihnen Nachschub gebracht wurde, eine Versorgungsroute, die nur zu leicht gekappt oder dazu verwendet werden konnte, das Versteck aufzuspüren. Kamen die Männer nicht mehr mit den Nahrungsmitteln durch, dann war den Menschen im Versteck der

Hungertod sicher, und einmal entdeckt, wären sie einem Überfall schutzlos ausgeliefert gewesen. Nein, es blieb wohl nur, auszuharren, alles von Wert zu verstecken und auf die Soldaten König Archals zu hoffen. Die waren auch nicht zimperlich, wenn sie Hindernisse aus dem Weg räumten, Männer in die Armee zwangen oder Lebensmittel, Kleidung und die Dienste des örtlichen Heilers verlangten, aber sie wussten, was ihnen blühte, wenn sie eine verlässliche Steuerquelle des Königs zum Versiegen brachten.

**

Über zwei Wochen schwankten die Dorfbewohner zwischen Hoffen und Bangen. Bis jetzt schien das Glück auf ihrer Seite zu sein, rund um das Dorf wurde nicht gekämpft. König Celtern schien sich seiner Sache noch nicht sicher genug zu sein, um weitere Soldaten zu schicken, und die gut gerüstete Armee, die über den Pass gekommen war, hatte die von König Archal gesandten Verteidiger weiter ins Innere des Königreich zurückdrängen können. Wie es dort stand, erfuhren die Dorfbewohner nicht, so wichtig, dass man ihnen einen Boten geschickt hätte, der sie unterrichtete, waren sie nun doch nicht, und selbst jemanden auszuschicken, der die neusten Nachrichten einholte, schien zu gefährlich. Irgendwo tobte die Schlacht zwischen den Eindringlingen aus Onyl und der Garnison, die inzwischen sicherlich Verstärkung bekommen hatte, und die ausgesandten Boten hätten jederzeit unversehens mittendrin stehen können. Noch ehe sie Schreie und den Lärm der Waffen hörten, konnten sie schon Soldaten der einen oder anderen Seite in die Hände gefallen oder von einem verirrten Pfeil getroffen worden sein.

***

Die Verlagerung des Geschehens zurück an die Grenze kündigten Soldaten Onyls an, die einzeln oder in kleinen Gruppen dem Weg zur Passhöhe zustrebten. Ihr Zustand war fast schon Mitleid erregend, und Kvanagh konnte kaum Zorn empfinden auf die Männer, die gekommen waren, um sein Dorf und viele andere ihrem von Gier getriebenen König untertan zu machen. Die Soldaten waren abgekämpft und erschöpft, viele verwundet, die meisten nur gerade noch so in der Lage, einen Fuß vor den anderen zu setzen. Von der einst so starken Rüstung, den großen, verstärkten Schilden, die verkettet eine fast uneinnehmbare und doch bewegliche Festung gebildet hatten, und von den weit reichenden Langbögen war ihnen nichts mehr geblieben. Viele waren völlig unbewaffnet, entweder im Kampf ihrer Schwerter beraubt, oder sie hatten sie weggeworfen, weil sie wussten, dass sie, geschwächt wie sie waren, keinen Kampf gegen die Wache irgendeines Dorfes gewinnen konnten, und klug genug waren, frühzeitig zu zeigen, dass sie nicht kämpfen wollten.

In Kvanaghs Dorf ließ man sie unbehelligt, selbst die, die mitten durchs Dorf zogen, weil ihnen der Mut fehlte, es in schwierigerem Gelände zu umgehen. Sie stellten keine Gefahr mehr da, wozu also sich mit ihnen belasten? Man hätte sie nur bewachen und versorgen müssen, vielleicht über Wochen, ehe ein Gesandter des Königs entschied, was mit ihnen geschehen sollte. Kvanaghs Vater ließ lediglich die Wachen verstärken, die des Nachts patrouillierten, um zu verhindern, dass jemand im Schutz der Dunkelheit im Dorf zu stehlen versuchte, und gab Anweisung, alle Soldaten Onyls wegzuschicken, die um Quartier baten.

Alles andere war Aufgabe der Garnison. Offenbar war es ihr gelungen, eine Taktik zu entwickeln, die dichte Phalanx aus Schilden zu durchbrechen oder zu umgehen, möglicherweise hatte sie sich bewusst zurückgezogen, um den Feind an einen Ort zu locken, der für ihr Vorgehen besser geeignet war. Die Armee, die König Celtern geschickt hatte, schien vollständig aufgerieben worden zu sein, und sicherlich hatte der Anführer der Garnison für diesen Fall Anweisungen von seinem König, ob er sich damit zufrieden geben sollte, dass der Feind sich zurückzog. Kvanagh wusste, dass er es bald erfahren würde: Wenn die Garnison nachsetzte, dann musste sie in nächster Zeit das Dorf erreichen, und wenn sie nicht kam, dann war auch klar, dass sie den geschlagenen Feind ziehen ließ.

III

Die Garnison kam, als Kvanagh schon fast nicht mehr daran glaubte. Er hatte weder die Soldaten gezählt, die König Celtern über die Grenze geschickt hatte, noch die, die sich auf der Flucht vor König Archals Garnison in die Berge schleppten, aber es konnte nur ein Bruchteil sein, der es geschafft hatte, dem Schlachtfeld zu entkommen und sich bis zu den Bergen durchzuschlagen. Noch weniger würden tatsächlich die Heimat wiedersehen, der Weg zum Pass war steil, steinig und den Unbill der Witterung ausgesetzt. Die Natur würde gnadenlos die Schwachen und Unerfahrenen aussieben, nur die, die noch ein bisschen Kraft hatten und wussten, wie sie der unwirtlichen Umgebung zu begegnen hatten, hatten Aussichten, es bis zu den ersten Dörfern auf der anderen Seite der Grenze zu schaffen.

Die Schwäche des fliehenden Feindes spiegelte sich im Nachsetzen der Garnison wider. König Archals Männer folgten zwar den Resten von König Celterns Armee, aber sie gingen langsam vor und begnügten sich damit, die Soldaten aus Onyl auf den Pass zuzutreiben. Die Handvoll geschwächter Männer, die es vielleicht nach Hause schaffen würden, zu stellen und ihnen einen letzten Kampf aufzuzwingen, den sie nicht überleben konnten, war schlicht unnötig. Mit ihnen würde König Celtern keine Schlacht mehr schlagen, warum also die eigenen Soldaten unnütz der Gefahr aussetzen, in einem letzten Scharmützel verwundet oder getötet zu werden? Soldaten, die vielleicht bald wieder gebraucht würden, wenn König Celtern eine neue Armee aufstellte und nach Albeit in Marsch setzte?

Trotzdem wollte der Anführer der Garnison den Pass gesichert wissen, und schickte seine Soldaten den Mannen Onyls hinterher in die Berge. Kvanagh sah, dass der Anführer kleine Gruppen bilden ließ, die in Abständen vordrangen, und dass er zu ihrer Sicherung einige Männer auswählte, die aufgrund ihrer Erfahrung geeignet waren, mit leichter Bewaffnung abseits des Weges zwischen den Felsen aufzusteigen.

Alles in allem schien die Garnison Herr der Lage zu sein, und dem, was von der feindlichen Armee übrig geblieben war, war sie an Mannstärke und Frische in jedem Falle um ein Vielfaches überlegen. Kvanagh fühlte Erleichterung, denn sein Dorf, das sonst von den Angriffen aus Onyl am schlimmsten betroffen gewesen war, war diesmal fast völlig verschont geblieben. Tatsächlich gab es diesmal keinen Toten zu beklagen, niemand war verletzt, keine Frau von den durchziehenden Soldaten vergewaltigt worden. Selbst die materiellen Schäden waren kaum der Rede wert; mit ihrer Taktik, eng zusammengedrängt im Schutz der tragbaren Palisaden vorzudringen, hatten die Soldaten von König Celtern das Dorf passiert, ohne zu plündern, zu brandschatzen oder die Felder zu verwüsten. Zwei schmale Striche Acker waren zertrampelt worden, das Korn niedergetreten und nicht mehr zu retten, aber das waren Verluste, die kaum den Rahmen dessen sprengten, was die Bauern ohnehin in schwankendem Maße durch Unwetter und Tiere verloren. Auch auf dem Rückzug hatten die Soldaten aus Onyl sich nicht damit aufgehalten, die Dorfbewohner zu behelligen, und die Männer der Garnison hatten so wenig Mühe, ihnen nachzugehen, dass sie es sich leisten konnten, Rücksicht zu nehmen auf die Bauern.

***

In der Nacht nach dem Durchzug von König Celterns geschlagenen Soldaten wurde Kvanagh von einem unbeschreiblichen Lärm geweckt. Es war eine Kakophonie, wie er sie noch nie gehört hatte, Poltern, Gurgeln, Rauschen und Prasseln, alles zusammen, dazwischen Schreie, in denen Panik und Schmerzen lagen. Etwas schlug mit Wucht gegen die Mauer des Hauses, in dem Kvanagh mit seinen Eltern und seinen beiden jüngeren Geschwistern lebte, und die Balken erzitterten. Was ging da vor sich?

Mit einem Satz war Kvanagh aus dem Bett. Er sprang in seine Stiefel, schob sein Messer in den Gürtel und griff nach dem Speer, der neben der Tür lehnte. Wie jeder Junge im Dorf war er an Waffen ausgebildet worden, und wenn das Dorf angegriffen wurde, wenn Verstärkung aus Onyl gekommen war, um die Garnison zu überrennen, dann wurde jede Hand gebraucht. Nicht zu kämpfen würde den sicheren Tod bedeuten, denn eine Armee, die mit aller Gewalt über ein Dorf herfiel, ließ selten Überlebende zurück, und schon gar keine Männer im wehrfähigen Alter.

Vor ihm rannte sein Vater zur Tür, bewaffnet mit einer langen Axt. Die Mutter war direkt hinter ihm, und auch die Mädchen, Quenmerva und Asmerle, rannten zur Tür. Der Vater riss die Tür auf und war mit einem Satz auf dem Platz in der Mitte des Dorfes.

Im nächsten Moment war er verschwunden, fortgerissen von einer riesigen Flutwelle, die durch das Dorf raste. Kvanagh warf sich herum, packte Quenmerva, die an ihm vorbei wollte, um zu sehen, wo der Vater war, am Arm und schleuderte sie zurück. Sein Griff tat ihr weh, und sie fiel unsanft zu Boden, aber Kvanagh hatte keine Zeit, sie sanft zu behandeln. Als er mit der Schulter den Türrahmen berührte, spürte er, mit welcher Gewalt das Wasser am Gebälk riss. Das Haus war nicht sicher, sie mussten raus, aber nicht nach vorne. „Zurück!", rief er der Mutter und den Schwestern zu. „Aber...!", wollte Quenmerva protestieren, während sie sich von der Mutter hoch helfen ließ, doch Kvanagh schnitt ihr das Wort ab. Was sie sagen wollte, wusste er auch so; sie wollte den Vater retten. „Keine Zeit für Diskussionen!", rief er. „Ich kümmere mich um Vater, aber erst müsst ihr hier raus!"

Hastig scheuchte er Mutter und Schwestern in den hinteren Teil des Hauses. Dort gab es auf der der Haustür abgewandten Seite ein Fenster, und wenn sie Glück hatten, war dort kein oder wenigstens weniger Wasser. Er beugte sich hinaus und versuchte, die Lage abzuschätzen. Ein Rinnsal floss über den lehmigen Boden, aber es war keine Flutwelle wie vorne, sie hatten eine Chance. „Schnell!", mahnte er und griff gleichzeitig schon nach Asmerle, um sie nach draußen zu heben. Die Kleine landete hart auf den Füßen, und Kvanagh gab ihr einen Schubs zur Seite, um auch Quenmerva durchs Fenster zu heben. Dann folgte die Mutter, und zuletzt sprang er selbst ins Freie. „Nimm die Mädchen und lauf zum Wald!", rief er seiner Mutter zu. „Da seid ihr sicherer als hier. Ich suche den Vater."

Die Mutter nickte und fasste die Mädchen fest an den Händen. Sie wusste, dass Kvanagh Recht hatte, dass sie weg mussten vom Dorf, und sie wusste auch, dass Kvanagh gebraucht wurde, dass sie ihn zurücklassen musste, so schwer es dem liebenden Mutterherz auch fiel.

Kvanagh nahm sich gerade genug Zeit, ihnen nachzuschauen, bis er sie das freie Feld erreichen sah, wo die

Flutwelle, sollte sie sich ausdehnen, weniger Wucht haben würde als zwischen den Häusern. Er wusste, dass sie noch nicht in Sicherheit waren, er konnte nur das Beste hoffen für sie, den Vater und auch für sich selbst.

Dann wandte er sich nach links und lief zur Hausecke. Er wusste, dass das Haus ein fragwürdiger Schutz war, und dass die Wände ihn erschlagen würden, wenn die Flut sie einriss, aber es war die einzige Deckung, die er hatte, und sich ungeschützt der Flut auszusetzen, wäre auf jeden Fall sein Ende gewesen.

Vorsichtig spähte er um die Ecke. Der Anblick, der sich ihm bot, war grausamer als alles, was er je gesehen hatte. Eine Woge aus Schlamm und Wasser ergoss sich über das Dorf, sie brachte schwere Steine mit sich und riss alles fort, was ihr im Weg stand. Kvanagh erkannte, dass das Haus seiner Eltern nur gestreift wurde von diesem Mahlstrom, dass die Flut sich ihren Weg hauptsächlich durch den etwas niedriger gelegenen Teil des Dorfes jenseits des großen Platzes in der Mitte suchte. Die Hütte des alten Belgost war komplett verschwunden, auch das Wirtshaus von Gaboin hatte es zur Hälfte eingerissen, und unten, wo der Fluss eigentlich sein Bett hatte, ragten nur noch zwei abgebrochene Pfosten vom Haus des Gerbers auf. Für ihn und seine Familie würde wohl jede Hilfe zu spät kommen.

Von seinem Vater sah Kvanagh nichts. War er fortgerissen worden und lag irgendwo unten im Tal? Wurde er noch immer von den Wassermassen umhergeschleudert? Dann war alles zu spät, das konnte er kaum überstehen. Aber wenn er irgendwo hängen geblieben war, dann vielleicht... Auf jeden Fall musste es schnell gehen, das Wasser war kalt, zu kalt, als dass jemand lange darin überleben konnte.

Kvanagh schaute, ob die Hauswand wohl noch hielt, und hastete weiter. Gischt spritzte ihm entgegen, wenn das Wasser die herausstehenden Balken an der Hausecke traf, und er musste die Augen zusammenkneifen. Angestrengt starrte er in die Dunkelheit des überfluteten Platzes. Nur das Mondlicht spendete etwas Licht, aber es ließ auch die Schatten umso dunkler wirken. Was direkt am Haus war, konnte Kvanagh kaum erkennen. „Vater!", schrie er, in der Hoffnung, ein Lebenszeichen zu hören. „Ebril!", schickte er dann den Namen hinterher, weil ihm aufging, dass er nicht der einzige sein konnte, der in diesen Urgewalten seinen Vater suchte.

„Hier!" Hatte er das wirklich gehört? Und wenn er es wirklich gehört hatte, war es dann nicht doch von weiter weg gekommen, von jemand anderem als seinem Vater? Angestrengt lauschte er, versuchte sich nur auf diese Stimme zu konzentrieren, die sich mühsam ihren Weg durch den Lärm gekämpft hatte. „Hier bin ich!", hörte er die gleiche Stimme wenige Augenblicke später erneut rufen. Wo? Er kniff die Augen noch enger zusammen, als ob das etwas genutzt hätte bei der Dunkelheit, und versuchte, die Finsternis direkt an der Wand zu durchdringen.

Es dauerte einige Momente, bis seine Augen sich an die Dunkelheit gewöhnt hatten, und Kvanagh konnte nur hoffen, dass diese Momente nicht am Ende irgendwo fehlen würden. Dann erkannte er, dass sein Vater einen Haken zu packen bekommen hatte, an dem sonst der Fensterladen festgemacht wurde. Der Haken war stabil, aber sicherlich nass und glitschig und so kurz, dass Ebril sich nur mit einer Hand daran festhalten konnte. Wie lange würde er sich unter diesen Umständen halten können, bis zum Bauch im Wasser, das mit aller Kraft an ihm riss, so dass er augenscheinlich nicht einmal die Füße auf den Boden zu stemmen vermochte?

Kvanagh hatte nichts in der Hand, was er ihm hätte zuwerfen können, um ihn zu sich zu ziehen. Den Gedanken, sich irgendwie zu seinem Vater vorzuarbeiten, verwarf er sofort wieder, das Wasser hätte ihn unweigerlich fortgerissen, sobald er sich aus dem Schutz der Mauer gewagt hätte. Sollte er seinem Vater zurufen, einfach loszulassen, damit er ihn auffangen konnte, wenn er an die Hausecke gespült wurde? Das barg die Gefahr, dass er den kurzen Moment zum Zugreifen verpasste, oder dass ihm der Vater in seinem nassen Hemd durch die Hände glitt. Außerdem war die Strömung unberechenbar, Ebril konnte statt auf Kvanagh zu von ihm weg treiben, ohne dass er selbst etwas dagegen hätte tun können. Nein, es war zu riskant, Kvanagh blieb nur, ins Haus zu eilen und ein Seil zu holen, um es dem Vater zuzuwerfen.

„Halt aus!", rief er. „Ich hole ein Seil." „Ja!", kam es zurück, aber Kvanagh hatte das Gefühl, dass seinen Vater bald die Kraft verlassen würde. Er rannte am Haus entlang nach hinten und setzte durch das Fenster, durch das er Mutter und Schwestern in Sicherheit gebracht hatte. Er wollte zum Herd hasten, die Kette, die dort hing, war das erste, was ihm einfiel.

Dann fiel ihm ein, dass es doch noch eine bessere Möglichkeit gab, an Ebril heranzukommen, eine, die ihm den Umweg hinten herum ebenso ersparte wie das Lösen der Kette. Er stürzte zum Fenster, zu dessen Laden der Haken gehört, an den sein Vater sich klammerte, und beugte sich hinaus. „Vater!", rief er. „Hier!"

Mühsam wandte sein Vater den Kopf. Er versuchte, zur Tür zu blicken, dachte wohl, Kvanagh wollte ihm von dort ein Seil zuwerfen. Dann erst entdeckte er seinen Sohn am Fenster. „Nimm meine Hand!", rief Kvanagh ihm zu. Er streckte seinem Vater die Hand entgegen, so weit er konnte, ohne selbst den Halt zu verlieren. Mit der anderen Hand klammerte er sich am Fensterrahmen fest, um nicht selbst mitgerissen zu werden, wenn das Gewicht seines Vaters an ihm zerrte.

Ebril hing mit dem Rücken zu ihm, das Wasser zerrte seine Beine vorwärts, und er musste mit viel Mühe die andere Hand an den Haken bringen, um den Körper zu drehen und den Arm in Kvanaghs Richtung strecken zu können. Einmal schrie er auf vor Schreck, fast hätte er den Halt verloren, aber im letzten Moment konnte er nachfassen und sich halten. Noch einmal durfte ihm das nicht passieren, jeder Fehlgriff kostete Kraft, und Ebril war bereits völlig erschöpft.

Kvanagh griff zu, erwischte den Arm seines Vaters und glitt sofort wieder ab. Wasser und Schlamm machten die Haut glitschig, es war, als wollte man einen Fisch mit den bloßen Händen fangen. Kvanagh schob sich noch etwas weiter, griff erneut zu, diesmal am Handgelenk, so dass ihm die Verdickung des Handballens als Halt diente. Ebril verstand und umklammerte seinerseits Kvanaghs Handgelenk. „Ich hab dich!", rief Kvanagh. Er spürte nicht nur die gewaltige Kraft des Wassers, die an seinem Arm zerrte, sondern auch die Last der Verantwortung, denn wenn er seinem Vater zurief, den Haken loszulassen, und ihn dann nicht halten konnte, dann würde es seine Schuld sein, wenn Ebril ertrank. Den Gedanken, dass er keine Zeit haben würde, zu bereuen, geschweige denn Gelegenheit, Mutter und Schwestern zu gestehen, dass er den Vater nicht hatte retten können, schob er beiseite. Er musste handeln, jetzt, solange er selbst noch genug Kraft hatte. „Lass den Haken los!", rief er. Gleichzeitig zwang er die Finger noch etwas fester um den Arm seines Vaters.

Ebril ließ los, und Kvanagh spürte den Ruck bis weit in den Rücken hinein. Ebrils gesamtes Gewicht und die Wut der Flutwelle rissen jetzt an ihm, und es gab keine noch so kurze Atempause mehr. Kvanagh zog mit aller Kraft, das Blut rauschte in seinen Ohren, und nur Fingerbreite für Fingerbreite konnte er den Vater heranholen.

Endlich bekam Ebril mit der freien Hand den Fensterrahmen zu packen. Er klammerte sich fest, so dass er nicht mehr allein an Kvanaghs Arm hing, und versuchte in einer letzten Anstrengung, seine Rettung zu unterstützen, indem er sich selbst weiterzog. Viel Kraft hatte er nicht mehr, aber es gab Kvanagh Gelegenheit, sich einen winzigen Augenblick zu sammeln, eher er sich nach hinten warf und seinen Vater ins Haus zog.

Ebril schrie auf, als Rippen und Hüfte hart über den Fensterrahmen schrammten, und gleich darauf noch einmal, als er ungedämpft auf den Boden prallte. Auch Kvanagh stieß sich schmerzhaft beide Ellbogen, aber das merkte er nicht einmal. Er war völlig erschöpft und einfach nur froh, dass sein Vater gerettet war.

Eine kurze Weile blieb er liegen, außer Stande, irgendetwas zu tun außer nach Atem zu ringen. Auch Ebril blieb liegen, und selbst als Kvanagh sich endlich hochstemmte und ihm auf die Füße half, wäre er fast wieder umgefallen. Kvanagh hatte eine Decke geholt und wickelte ihn darin ein, dann half er ihm hoch. Auch durchs Fenster an der Rückseite des Hauses musste er ihm helfen; Ebril war kein alter Mann und unter gewöhnlichen Umständen kräftig und behände, aber die Zeit im Wasser, der Kampf gegen die Welle, die ihn mitreißen wollte, hatte seine Kraft bis zum Äußersten gefordert.

Trotzdem hielt er einen Moment inne, um Kvanagh eine Hand auf die Schulter zu legen und ihm ins Gesicht zu sehen. „Danke", sagte er heiser. Mehr nicht, aber mehr brauchte es auch nicht. Kvanagh konnte die Dankbarkeit aus dem Blick seines Vaters lesen, und er brauchte sich Ebril nur anzuschauen, der sich nur mit Mühe für diesen kurzen Moment allein aufrecht halten konnte, um zu sehen, wie wenig Zeit seinem Vater noch geblieben wäre, ehe ihn die Kraft endgültig verlassen hätte.

„Was ist mit der Mutter?", fragte Ebril dann, während er sich, schwer auf Kvanagh gestützt, weiter schleppte, dem Wald zu, wo der Rest seiner Familie Schutz gesucht hatte. „Und mit deinen Schwestern?" „Sie sind in Sicherheit", versicherte Kvanagh. „Ich bringe dich zu ihnen." Ebril nickte nur leicht, aber Kvanagh spürte, wie seinem Vater eine große Last von der Schulter fiel. Er war sich sicher, dass der Vater in der Zeit, in der ihn nur ein Haken in der Hauswand davor bewahrt hatte, weggerissen zu werden und zu ertrinken, viel weniger an sein eigenes Schicksal gedacht hatte als an das seiner Familie. Er hatte seinen Erstgeborenen früh Lesen und Schreiben gelehrt, ihn sehr gründlich in die Arbeit auf dem Hof eingewiesen und ihn noch dazu bei den Handwerkern des Dorfes lernen geschickt, aber reichte das, dass Kvanagh zusammen mit der Mutter den Hof erhalten und die Familie ernähren konnte, wenn er, Ebril, nicht mehr war?

Schritt für Schritt überquerten Ebril und Kvanagh die Weide hinter dem Haus und erreichten schließlich den Waldrand. Kvanagh kniff die Augen zusammen und versuchte, die Finsternis unter den Bäumen mit den

Augen zu durchdringen, konnte aber nichts erkennen. Es war keine mondlose Nacht, aber die Bäume sperrten das fahle Licht vom Himmel aus.

„Mutter!", rief er laut. „Quenmerva! Asmerle!" Sein Vater wollte einfallen, aber statt eines Tones brachte er nur einen krächzenden Husten heraus. Rufe und Husten hallten zwischen den Bäumen wider. „Hier sind wir!", antwortete eine Kinderstimme, etwas links von Kvanagh und Ebril und nicht allzu weit entfernt. Gleich darauf tauchte ein heller Fleck in der Dunkelheit auf, das musste Quenmerva sein, die das hellblonde Haar der Mutter geerbt hatte. Erst einige Augenblicke später wurde auch Asmerle sichtbar, obwohl sie vor ihrer Schwester lief; sie hatte, genau wie Kvanagh, das dunkle Haar des Vaters und verschmolz perfekt mit der Dunkelheit.

Asmerle sah den Vater und begann zu rennen. Kurz bevor sie ihn erreichte, blieb sie mit dem Fuß an einer Wurzel hängen, strauchelte und vermied den Sturz, indem sie die Arme schnell um die Beine des Vaters schlang. Obwohl sie mit ihren acht Jahren nicht viel wog, war der Anprall fast zu viel für Ebril, Kvanagh musste schnell fester zufassen, um zu verhindern, dass sein Vater rücklings zu Boden geworfen wurde.

Quenmerva konnte gerade noch vermeiden, in dieses Durcheinander hineinzulaufen, und umarmte den Vater mit der nötigen Vorsicht. Marfene, Kvanaghs Mutter, schloss kurzerhand ihre ganze Familie in die Arme und drückte alle zusammen an sich.

Kvanagh wusste, dass er sich nun um den Vater keine Sorgen mehr zu machen brauchte. Seine Mutter würde sich um ihn kümmern, er selbst hatte andere Aufgaben. Nach einem Moment löste er sich vorsichtig aus der Umarmung und lief davon, zurück zum Dorf.

Er wollte sehen, ob es noch jemanden gab, dem er helfen konnte.

IV

Den Rest der Nacht schuftete Kvanagh unermüdlich, um zu retten, wer oder was gerettet werden konnte. Zusammen mit dem Schmied, Perixen, konnte er einen Bauern und seine Frau aus ihrem halb eingestürzten Haus holen, und anschließend kroch er noch einmal in die Trümmer, um das Baby der Bäuerin zu retten. Für die anderen beiden Kinder konnte er nichts mehr tun; sie waren in ihrem Bett von einem herabfallenden Balken erschlagen worden, und selbst wenn sie noch gelebt hätten, hätte es keine Möglichkeit gegeben, sie herauszuholen. Anschließend zwang er mit drei kräftigen Männern einen schweren Steinblock zur Seite, der in ein Haus eingeschlagen war und eine alte Frau eingeklemmt hatte. Wie durch ein Wunder lebte sie noch, und Kvanagh trug sie zum Heiler, der in einem etwas abseits gelegenen Bauernhaus, das nicht gefährdet war, eine notdürftige Krankenstube eingerichtet hatte. Das Haus des Heilers selbst war stark beschädigt worden, und Marquar und seine Frau Lubjenna hatten unter Lebensgefahr alles herausgeholt, was an Salben, Pillen und Binden verschont geblieben war und dringend für die Versorgung der zahlreichen Verletzten benötigt wurde.

Bei Marquar traf Kvanagh seine Mutter, die half, die Verletzten von ihrer durchnässten Kleidung zu befreien, Wunden zu säubern und Verbände anzulegen. Auch Quenmerva war da und bemühte sich, den Heiler zu entlasten; sie hatte sich zweier kleiner Kinder angenommen, die den Vater verloren hatten und nicht wussten, ob ihre Mutter durchkommen würde.

***

Das wahre Ausmaß der Verwüstung wurde erst mit dem ersten Tageslicht erkennbar. Neben dem Haus des Gerbers waren drei andere Häuser, die nah am Fluss gestanden hatten, völlig zerstört, fast die Hälfte der anderen Gebäude teils erheblich beschädigt worden.

Kvanagh befürchtete, dass Dutzende Menschen ums Leben gekommen waren. Dass die Familie des Gerbers ausgelöscht worden war, wusste er, auch dass der Vater der Kinder tot war, derer seine Schwester sich in der Nacht angenommen hatte, und die beiden Kinder der von ihm geretteten Bauersleute, die noch nicht hatten geborgen werden können, musste er noch dazuzählen, aber alles in allem waren es weniger als ein Dutzend Tote, die das Dorf zu beklagen hatte. Das bedeutete, dass selbst die Bewohner der am stärksten zerstörten Häuser mehrheitlich überlebt hatten, wenn auch vielfach mit schweren Verletzungen.

Vorsichtig bettete Kvanagh den Leichnam des alten Herjul auf den Boden, unmittelbar neben den zerschmetterten Körper eines jungen Mannes, mit dem Kvanagh eine brüderliche Freundschaft verbunden hatte. In der Nacht hatten Kvanagh und Sbreloh, die im gleichen Sommer geboren waren, noch gemeinsam Balken weggeräumt, um zwei Verletzte zu befreien, doch später war Sbreloh abgestürzt, als er versucht hatte, über das Dach in ein Haus einzudringen, indem er noch Leute vermutet hatte. Der halbwüchsigen Tochter des Schneiders hatte er damit das Leben gerettet, aber er selbst war abgerutscht, ungebremst auf den Boden geschlagen und an seinen Verletzungen gestorben, ehe man ihn zu Marquar hatte bringen können.

***

Es gab nur eine mögliche Ursache der plötzlichen Flut, ein Einsturz des Dammes, der den Fluss weiter oben in den Bergen aufstaute. Eine natürliche Schwelle war dort vor vielen Jahren ausgebaut worden, um den Wasserstand des Flusses im Tal zu regulieren, für die Bewässerung der Felder und für den Durchfluss an den Mühlen. Dieser Damm musste nachgegeben und die gestauten Wassermassen auf einen Schlag freigegeben haben. Kvanagh war in diesem Jahr noch nicht oben gewesen, aber er wusste, dass der See noch voll gewesen sein musste von der Schneeschmelze im Frühjahr.

Wenn der Damm gebrochen war, dann musste die Flutwelle aber auch die Soldaten der Garnison getroffen haben, und vielleicht auch die Reste der aus Onyl eingedrungenen Armee, soweit die Männer es nicht schon zum Pass geschafft hatten. Obwohl das Schicksal der Dorfbewohner bis zum Morgen zumindest dahingehend geklärt war, dass niemand mehr vermisst wurde und die Verletzten soweit ersichtlich durchkommen würden, würden sich also sowohl Marquars behelfsmäßige Krankenstube, als auch der Sammelplatz für die Toten weiter füllen. Das Dorf war näher am Pass als der Stützpunkt der Garnison, es war also nur folgerichtig, verletzte Soldaten hierher zu bringen, damit sie so schnell wie möglich in heilkundige Hände kamen.

Ebril, der sich so weit von den Folgen seines nächtlichen Kampfes gegen das Wasser erholt hatte, dass er seine Aufgaben als Dorfvorsteher wieder wahrnehmen konnte, teilte die Dorfbewohner, die noch in der Lage waren, in irgendeiner Weise zu helfen, für unterschiedliche Aufgaben bei der Versorgung der Verletzten und bei den Aufräumarbeiten ein. Die Flutwelle war inzwischen abgeklungen, und Ebril wollte so schnell wie möglich die Ordnung im Dorf wiederherstellen. Er hatte einen Rundgang gemacht und mit vielen Leuten gesprochen, um sich ein möglichst genaues Bild davon zu machen, was zu tun war und wer dabei in welchem Umfang helfen konnte. Entsprechend teilte er die Dorfbewohner ein, ließ die dringlichsten Aufgaben zuerst angehen und beorderte jeden Einzelnen dorthin, wo er am besten helfen konnte. Jeder musste mit anpacken, so gut er konnte, in Marquars Krankenstube kümmerten sich die weniger schwer Verletzten um diejenigen, die schlimmer betroffen waren, einige Männer begutachteten unter Führung des Zimmermanns Dalegron die Häuser, brachten hier und da Stützen an, wo Dächer und Wände nicht mehr zur Gänze sicher schienen, und räumten Trümmer weg, um Türen wieder zugänglich zu machen.

Das Haus des Dorfvorstehers hatte das Unglück ohne Schäden überstanden, die Anlass zur Sorge gegeben hätten. Kvanagh hatte zwar in der Nacht gespürt, wie die Wände unter dem Anprall der Flutwelle gezittert hatten, aber Dalegron prüfte Balken und Mauerwerk und befand beides für stabil.

Kvanagh schloss sich einer Gruppe an, die sich auf den Weg in die Berge machte, um festzustellen, in welchem Zustand der Staudamm war. Der Damm war für das Dorf in zu vieler Hinsicht von Bedeutung und musste so schnell wie möglich wieder aufgebaut werden; außerdem wollte Ebril wissen, ob sämtliches Wasser abgelaufen war, oder ob Teile des Dammes, die bis jetzt noch gehalten hatten, noch Wasser zurückhielten und jederzeit eine zweite Flutwelle freigeben konnten.

Um in dem Fall, dass tatsächlich erneut Wassermassen zu Tal stürzten, nicht mitgerissen und ertränkt oder an einem Stein zerschmettert zu werden, mieden Kvanagh und seine Gefährten den Passweg, der direkt am Staudamm vorbeiführte, und kletterten viele Meter oberhalb über die Felsen. Es war die gleiche Route, die auch jene Soldaten der Garnison genommen hatten, die ihre Kameraden auf dem Weg sichern sollten, das sah Kvanagh an vereinzelten Seilen, die die Soldaten an besonders steilen und engen Stellen gespannt hatten.

Diese mit Sicherheit im Gedanken an den späteren Rückzug zurückgelassenen Seile leisteten Kvanagh und den anderen Männern aus dem Dorf gute Dienst und ließen sie schwierige Stellen verhältnismäßig schnell und sicher passieren, aber trotzdem war das Vorwärtskommen beschwerlich. Die Männer mussten sich über enge Felssimse schieben, hüfthohe Stufen überklettern und sich durch schmale Spalten zwängen, und jeder Fehltritt hätte mindestens schwere Verletzungen zur Folge gehabt.

Die Garnison hatte den Weg zum Staudamm ungefähr zur Hälfte zurückgelegt, ehe sie von den Wassermassen überrascht worden war. Vielleicht hatten die Männer den Lärm gehört, das Tosen des Wassers und das Poltern der mitgerissenen Steine, vielleicht waren sie auch von den Kameraden oben auf den Felsen gewarnt worden, aber an Flucht war nicht zu denken gewesen. Die Felsen zu erklettern, war nur an ganz wenigen Stellen möglich, und kein Mensch konnte schneller laufen als die Wassermassen eines ganzen Sees durch die enge Kluft des Passweges peitschten.

Kvanagh und seine Begleiter trafen zunächst auf einen kleinen Wachposten, der sich zwischen zwei Felsspitzen eingebaut hatte. Es waren nur wenige Männer, Kvanagh zählte drei und schätzte, dass sich allenfalls noch zwei weitere im toten Winkel verbergen konnten, den er nicht einsehen konnte. Die Kampfkraft dieses

Postens war nicht der Rede wert, auch wenn die Soldaten mit Langbögen ausgerüstet waren, mit denen sie in beiden Richtungen ein gutes Stück des Weges bestreichen konnten. Sie waren einfach zu wenige, um Angreifern, die aufs Geratewohl die beiden Felsspitzen großzügig mit Pfeilen eindeckten, auch nur für kurze Zeit Widerstand zu leisten. Außerdem sah man ihnen an, dass sie die ganze Nacht nicht geschlafen hatten; die drei Gestalten hatten dicke Schatten unter den Augen und bemerkten die Neuankömmlinge erst, als Grodmil, der Anführer der Gruppe um Kvanagh, sie ansprach. Sie fuhren herum und wollten die Waffen in Stellung bringen, ließen die Bögen aber sinken, als sie sahen, dass sie keine gegnerischen Soldaten vor sich hatten. Einer von ihnen kam Grodmil entgegen, die anderen beiden blieben zurück, um ihm wenigstens den Anschein von Rückendeckung zu geben.

„Wer seid ihr?", fragte der Wachsoldat, müde und ohne militärische Schärfe, die einem Wachposten an einem umkämpften Pass zugekommen wäre. „Wir kommen aus dem Dorf vor dem Berg", erklärte Grodmil ruhig. „Wir wurden in der Nacht von einer großen Flutwelle überrascht. Einige sind tot, und viele verletzt. Wir müssen wissen, was mit dem Staudamm weiter oben passiert ist." „Er muss komplett eingestürzt sein", behauptete der Soldat. Es war unwahrscheinlich, dass er das mit eigenen Augen gesehen hatte, denn Kvanagh sah unten auf dem Weg andere Soldaten, die Verletzte versorgten und für den Transport ins Tal vorbereiteten. Es war anzunehmen, dass dies die Stelle war, an der die Garnison von der Flutwelle überrascht worden war, und danach hatten die Männer mit Sicherheit anderes zu tun gehabt, als Späher loszuschicken, die den Zustand des Staudamms erkunden sollten. Man sah ja, dass die wenigen, die unverletzt geblieben oder nur leicht verletzt worden waren, kaum in der Lage waren, sich um die ärger verletzten Kameraden zu kümmern, sie waren nass, unterkühlt und am Ende ihrer Kräfte.

Der vom König eingesetzte Kommandant der Garnison lebte noch, war aber mit dem Kopf gegen einen Felsen geprallt und nicht in der Lage, sein Kommando auszuüben. An seiner Stelle hatte ein einfacher Soldat die schwere Pflicht übernommen, die Überlebenden zusammenzuhalten, und es schien niemanden zu geben, der das in Frage stellte. Die Männer waren zu müde, um zu streiten, und wohl auch froh, dass da jemand war, der ihnen in diesem Durcheinander sagte, was sie zu tun hatten.

Grodmil verständigte sich rufend mit ihm und bot ihm an, zwei Männer abzustellen, die halfen, die verletzten Soldaten ins Dorf zu bringen. Der Ersatzkommandant nahm das Angebot gerne an, er musste froh sein über jede helfende Hand. Kvanagh erwartete, dass die Wahl unter anderem auf ihn fallen würde, weil er unter den Männern, die Grodmil führte, der jüngste war. Doch am Ende waren es zwei andere, die in einer Scharte zum Weg hinabkletterten, und der Rest setzte den Weg in die Berge fort.

V

Es war bereits später Vormittag, als Kvanagh und die anderen Männer den Staudamm erreichten. Es war nicht nur die große Höhe, in der er lag, und die Länge des Weges, die so viel Zeit in Anspruch nahmen; vor allem hatten die zu Tal stürzenden Wassermassen den Weg über weite Strecken verwüstet, um so schlimmer, je höher Kvanagh und die anderen kamen. Schlamm und Steine aus dem Damm lagen teilweise hüfthoch auf dem Weg, an zwei Engstellen hatte das Wasser das mitgeführte Material mehr als mannshoch aufgeschüttet, so dass die Männer sich den Weg erst hatten freigraben und -stemmen müssen. Die von Menschenhand geschaffenen Befestigungen, die an besonders schmalen oder ausgesetzten Stellen den Übergang sicherer oder überhaupt erst möglich machten, waren von der Wucht der Flutwelle weggerissen worden oder lagen unter Schlamm begraben, und der Weg musste mühsam notdürftig wieder gangbar gemacht werden. Weil es zu schwierig gewesen wäre, schweres Gepäck mitzuführen, gerade weil sie ja zur Sicherheit oberhalb des Weges durch die Felsen gegangen waren, hatten die Männer nur wenig Werkzeug und eine Anzahl Seile dabei. Alles andere mussten sie sich vor Ort zusammensuchen, was wiederum der Schlamm immer wieder erschwerte oder unmöglich machte. An einer Stelle war ein Teil des Wegs abgerutscht, das verbleibende Sims war so schmal, dass kein erwachsener Mann es überwinden konnte. Die Männer waren gezwungen, eine Seilschlinge um eine Felsspitze zu werfen und daran hinaufzuklettern, um ihren Weg fortsetzen zu können.

***

Vom Staudamm war nichts mehr übrig, was der Fluss noch hätte einreißen können. Dass so dem Dorf keine weitere verheerende Flutwelle drohte, war aber auch die einzige gute Nachricht, die man der Szene abgewinnen konnte. Der Staudamm würde von Grund auf neu gebaut werden müssen, und es musste schnell gehen, denn die Bauern, die ihre Felder bewässern mussten, der Müller und viele andere waren darauf angewiesen, und bei der nächsten Schneeschmelze würde der niedriger gelegene Teil des Dorfes abermals überflutet werden, wenn der Damm nicht da war, um das Schmelzwasser aufzufangen.

Von allein gebrochen war der Damm nicht, davon war Kvanagh überzeugt, und auch von den anderen bezweifelte niemand, dass die Soldaten aus Onyl den Damm zerstört hatten. Der zeitliche Zusammenhang war augenfällig, die Mehrheit der feindlichen Soldaten, die nicht auf der Strecke geblieben waren, musste in den späten Abendstunden den See erreicht haben. Auf Nachzügler hatten diejenigen, die die Entscheidung getroffen hatten, jedenfalls keine Rücksicht genommen, das bewiesen die Leichen einiger Soldaten König Celterns, die es nicht rechtzeitig geschafft hatten und genauso elendig ertrunken waren wie die Männer der Garnison und die Menschen im Dorf.

Wie der Damm zerstört worden war, war dagegen nicht genau zu erkennen. Weil der Damm massig und stark verdichtet gewesen war, vermutete Kvanagh, dass die Eindringlinge weiter oben Felsbrocken losgestemmt hatten, die mit Wucht auf den Damm geschlagen waren und ihn nach und nach zerstört hatten. Irgendwann musste der Damm dann so geschwächt gewesen sein, dass er unter dem Druck des Wassers vollständig nachgegeben hatte. Eine Anzahl dicker Brocken unterhalb der Stelle, an der der Damm gewesen war, deuteten an, wie es passiert war, und Grodmil fand am Fuß eines Felsens die Leiche eines Mannes, der offenbar abgestürzt war und sich das Genick gebrochen hatte.

***

Kvanagh wusste nicht, ob er erleichtert sein sollte, dass kein weiterer Dammbruch mehr drohte, der erneut ein Flutwelle zu Tal schickte. Vielleicht empfanden die anderen Männer so, aber zu viele Menschen, Männer, Frauen und Kinder, hatten schon ihr Leben verloren, das war der Gedanke, der Kvanagh beherrschte. Er selbst hatte einen brüderlichen Freund verloren, auch die anderen Dorfbewohner, die in den Fluten ertrunken oder von der Wucht zerschmettert worden waren, hatte er von klein auf gekannt, und auch der Tod der Soldaten ging ihm nahe, obwohl er die Männer allenfalls flüchtig gekannt hatte. Aus seinem Dorf war keiner der Männer der Garnison gekommen, obwohl die Feste nicht übermäßig weit entfernt lag und König Archal angeordnet hatte, dass die Männer mehrheitlich aus der Umgebung stammen und mit den Gegebenheiten der Berge vertraut sein sollten.

***

Grodmil versuchte, sich ein Bild davon zu machen, wie man den Staudamm wieder aufbauen konnte. „Ich glaube, wir können es schaffen", war sein Fazit. „Aber wir brauchen viele Leute dafür, und Ochsen, um Material zu transportieren."

Dafür, dass Männer und Lasttiere zur Verfügung standen, würde Ebril sorgen. Er wusste um die Bedeutung des Staudammes für das Dorf, und würde zur Not andere, weniger wichtige Aufgaben zurückstellen oder Leuten übergeben, die nicht beim Wiederaufbau des Dammes helfen konnten.

VI

Ebril beauftragte Dalegron damit, den Staudamm neu zu errichten. Dalegron war nicht nur Zimmermann, er war auch bei einem Baumeister in der Stadt in die Lehre gegangen und kannte sich mit jeder Art von Bauwerken aus. Er sollte sich von Grodmil berichten lassen und dann eine Liste von Leuten und Material zusammenstellen, die er brauchte. Kvanagh nahm an, dass er abermals zu denen gehören würde, die in die Berge gingen, denn er war jung, kräftig und bei der Flutwelle unverletzt geblieben. Seine Schwestern halfen immer noch Marquar, seine Mutter hatte zusammen mit zwei anderen Frauen begonnen, Gräber auszuheben. Marquar hatte angeordnet, dass die Toten so schnell wie möglich bestattet werden mussten, denn er war der Überzeugung, dass Verstorbene, die zu lange unbestattet blieben, auch den Lebenden Schaden zufügten.

Der Lagerplatz für die Toten war im Lauf des Tages voller geworden, genau wie Kvanagh erwartet hatte, und das Ende war noch nicht abzusehen. Die Männer der Garnison, die die Flutwelle einigermaßen unbeschadet überstanden hatten, hatten inzwischen ihre verletzten Kameraden ins Tal gebracht, aber nicht allen hatte Marquar noch helfen können. Manche waren tot gewesen, als sie im Dorf angekommen waren, andere gerade noch am Leben, aber jenseits jeder Hilfe. Die Männer waren zu den Dorfbewohnern gelegt worden, die in der Nacht gestorben waren, und die Männer der Garnison würde vermutlich noch Tage brauchen, um alle toten Kameraden zu bergen, die sie zurückgelassen hatten, um sich zunächst um diejenigen zu kümmern, denen vielleicht noch geholfen werden konnte.

Kvanagh sprach kurz mit seinem Vater und half dann bis zum Einbruch der Dunkelheit, Gräber auszuheben. Ebril hatte angeordnet, dass Herjul, Sbreloh und die anderen getöteten Dorfbewohner am nächsten Tag bestattet werden sollten; die Soldaten sollten so schnell wie möglich folgen. Ebril hatte bei der Garnison um Hilfe beim Ausheben der Gräber ersucht, doch deren derzeitiger Leiter sah sich außer Stande, Leute dafür abzustellen. Solange er keinen anders lautenden Befehl bekam, wollte er sich darauf beschränken, die Kampfkraft der Garnison so gut wie möglich wiederherzustellen, und vermutlich hatte er damit auch Recht. Noch war nicht raus, ob die Männer König Celterns mit der Zerstörung des Staudamms nur ihren eigenen Rückzug hatten decken wollen, oder ob man die Flutwelle als gezielten Schlag betrachten sollte, der die Abwehr des Königreichs Albeit schwächen und so einen weiteren Einfall vorbereiten sollte.

***

Mit Kvanagh und zwei anderen Männern brach Grodmil am nächsten Tag wieder in die Berge auf, um zunächst den Weg wieder freizumachen. Die vier Männer waren ausgerüstet mit Hacken, Schaufeln, Nägeln und Seilen. Außerdem hatten sie einen Ochsen dabei, der mit Hölzern bepackt war. Bewaffnet waren die vier nicht; Speere oder Schwerter wären bloß hinderlich gewesen bei der Arbeit, und die Männer machten sich keine Illusionen, dass sie in dem Fall, dass König Celtern erneut eine Armee schicken würde, ohnehin einer vielfachen Übermacht gegenüber stehen würden, die sie nicht würden aufhalten können. Sie mussten darauf hoffen, dass keine Armee kam, oder dass sie es früh genug bemerkten, um noch fliehen zu können.

Die Arbeit war beschwerlich und auch nicht immer ungefährlich. Der Untergrund war, wo er nicht größtenteils aus Steinen bestand, aufgeweicht und schmierig, man fand oft keinen festen Halt und konnte leicht ausrutschen, und selbst da, wo der Weg über Steinplatten oder Felsbrocken führte, hatte die Flutwelle eine dicke Schlammschicht hinterlassen. An vielen Stellen bildeten angespülte Felsbrocken Hindernisse, die mühsam entfernt werden mussten. Einer davon hatte sich so verkeilt, dass die Männer mit Hölzern und Steinen eine Rampe bauen mussten, damit der Ochse den Brocken überklettern und dann von oben ziehen konnte.

Einige wenige Hindernisse hatte bereits die Garnison weggeräumt, um die Toten leichter ins Tal schaffen zu können, aber die Soldaten hatten weder Zeit, noch Lust, mehr als unbedingt nötig zu tun, und der Transport von Material für den Neubau des Staudamms stellte natürlich andere Ansprüche an den Weg als das Durchschleifen notdürftig zusammengezimmerter Bahren.

Bald schmerzte Kvanagh jeder Muskel im Körper, besonders Schultern und Oberarme ächzten unter der Last jeder neuen Schaufel voll Schlamm, die er vom Weg schob, unter jedem neuen Seil, das er packte, um Steine wegzuziehen oder einen Kameraden zu sichern. Doch er hielt durch, weil er wusste, dass das Dorf den Staudamm brauchte, und dass es ohne einen intakten Weg keinen neuen Staudamm geben würde.

Besonders schwierig war es weit oben, wo die mitgerissenen Felsbrocken Teile des Weges losgeschlagen hatten. Hier mussten Grodmil, Kvanagh und die beiden anderen mühsam ein Fundament als Steinen errichten, auf denen sie Platten auslegen konnten, um aus dem verbliebenen Sims am Felsen wieder einen gangbaren Weg zu machen. Ohne den Ochsen hätten sie es nicht geschafft; sie packten ihn ab, damit er sich im steilen Gelände sicherer bewegen konnten, und ließen ihn die schweren Brocken an Ort und Stelle ziehen. Es war eine Strapaze für Mensch und Tier, aber Stein für Stein schafften sie es, verkeilten jeden einzelnen Felsen sorgfältig mit kleineren Steinen, so dass er nicht abrutschen konnte, und schufen darüber eine einigermaßen gerade Oberfläche. Es war fast Abend, als sie so das letzte Stück des Weges wieder gangbar gemacht hatten, aber jetzt war die Grundlage dafür geschaffen, das Material heranzuschaffen, das für den Bau des Staudammes benötigt wurde.

VII

Kvanagh suchte sich einen Felsen, auf dem er einigermaßen bequem sitzen konnte, und holte Brot und Käse aus seinem Rucksack. Er arbeitete seit Stunden mit einem Dutzend anderen am Fundament des neuen Staudamms, und gerade hatte Dalegron eine Pause angeordnet. Der Zimmermann wusste um die Dringlichkeit der Aufgabe, aber ihm war auch klar, dass er die Belastung der Männer, die ihm zugeteilt worden waren, nicht übertreiben durfte. Männer, die am Rand der Erschöpfung standen, machten Fehler, Fehler, die sie selbst die Gesundheit oder das Leben kosten konnten, die anderen, die mit ihnen am Damm bauten, oder spätere Generationen, wenn der Damm wegen der Fehler beim Bau irgendwann erneut brach.

Eine Ameise hatte sich in Kvanaghs Rucksack verirrt und hockte jetzt auf dem Brot. Kvanagh wollte sie wegpusten, doch ein lauter Knall ließ ihn herumfahren. Die Ameise hatte plötzlich das zu Boden fallende Brot ganz für sich, Kvanagh starrte entgeistert auf den Felsen, der gerade von einem gewaltigen Blitz gespalten worden war. Es stank durchdringend nach verbrannter Luft, und zwischen den Hälften des Felsens stieg etwas Rauch auf. Es brannte nicht, im Stein hätte ein Feuer keine Nahrung gefunden, aber an einigen Stellen glühte der Stein noch einige Augenblicke.

Den anderen Männern war zum Glück nichts geschehen, wie Kvanagh erleichtert feststellte, keiner war nah genug an dem Felsen gewesen, um in Mitleidenschaft gezogen zu werden. Doch zwei der Ochsen gingen durch und stoben, verschreckt von dem Knall, davon. Der eine schien einige Fellbüschel versengt zu haben, war aber wohl nicht schwer verletzt, der andere war nur wegen des Knalls zu Tode erschrocken.

Einer der anderen Männer, Derfak, sprang auf und griff nach dem Seil, das am Geschirr Ochsen hing, dessen Fell vom Blitzeinschlag versengt worden war. Der Ochse gehörte seinem Bruder, und Kvanagh nahm an, dass Derfak sich deshalb besonders für das Tier verantwortlich fühlte. Aber die Kraft, einen völlig panischen Ochsen in seiner wilden Flucht aufhalten zu wollen, hatte kein Mann; selbst ein Dutzend Männer hätte nicht die Macht gehabt, einen der beiden Ochsen aufzuhalten. Dachte Derfak, es könnte ihm gelingen, schnell eine Schlinge zu knüpfen und sie um einen Felsen zu werfen, der zu schwer war, um von einem Ochsen weggezogen zu werden?

Kvanagh nahm an, dass Derfak selbst nicht so genau wusste, was er eigentlich machen wollte. Derfak handelte aus dem Bauch heraus, ohne darüber nachzudenken, und er bezahlte teuer dafür. Er hatte das Seil noch nicht ganz zu packen bekommen, als er schon von den Füßen gerissen wurde, und die Kraft, mit der der Ochse am anderen Ende der Leine zerrte, schleuderte ihn gegen die Felsen.

Es gab ein garstiges Geräusch, eine Mischung aus Klatschen und Knacken. Kvanagh wusste sofort, dass da etwas gebrochen war, dafür brauchte es nicht erst Derfaks gellenden Schmerzensschrei. Ein paar Augenblicke schien Derfak wie benommen, nahm den Schmerz offenbar gar nicht wahr, dann traf es ihn mit der vollen Wucht, und seine Schreie brachen sich an den Felsen.

Sofort war Kvanagh bei ihm, im gleichen Moment wie Dalegron. Vorsichtig drehten sie Derfak auf den Rücken, um zu sehen, welche Verletzungen er davongetragen hatte. Sein Gesicht war ziemlich verschrammt, aber es schien wenigstens kein Knochen gebrochen zu sein. Schlimmer hatte es seinen rechten Arm getroffen; Derfak umklammerte das Gelenk mit der linken Hand, aber selbst das konnte nicht darüber hinwegtäuschen, dass die Hand keinen Halt mehr hatte. Keine Frage, beide Unterarmknochen waren glatt gebrochen.

Als umsichtiger Anführer der Baugruppe hatte Dalegron darauf geachtet, wenigstens ein Minimum an Verbandsmaterial einzupacken. Er suchte einen langen, geraden Stock, brach ihn in zwei Stücke und schiente damit den Arm so, dass die Bruchenden sich nicht mehr bei jeder kleinsten Bewegung gegeneinander verschieben konnten. Zusätzlich stellte er den Arm mit einer Schlinge ruhig. „Er muss so schnell wie möglich zu Marquar", entschied er dann. „Der Bruch wird heilen, aber ich hab hier nichts, was ich ihm gegen die Schmerzen geben könnte." Weil sie keinen Platz für unnötiges Gepäck hatten, hatte er keinen Alkohol einpacken lassen, den sie Derfak jetzt hätten einflößen können, um seine Schmerzen zu lindern, und schon gar nichts von Marquars Salben und Tränken. Marquar gab diese Mittel auch nicht gerne heraus, nicht aus Geiz, sondern weil er nicht wollte, dass sie unbedacht angewendet wurden. „Ich habe Tränke im Schrank, da genügt ein Fingerhut voll, um eine Herde Ochsen umzubringen", pflegte er zu sagen. „Ich will sicher sein, dass da nicht einer einen Becher voll nimmt, weil er nicht weiß, wie stark der Trank ist."

An Dalegrons Entscheidung gab es deshalb nichts zu rütteln. Nicht, dass er irgendeinen Mann so einfach hätte entbehren können, eigentlich hätte er noch mehr Männer gebraucht, aber Derfak würde Wochen brauchen, bis er wieder voll belastbar war, und solange er das nicht war, würde er oben in den Bergen keine Hilfe sein können. Es gab schlicht keine Arbeiten, die er einhändig hätte erledigen können, zumal ihn der vor dem Bauch festgebundene Arm zum Beispiel auch beim Bücken behindern würde.

Unter diesen Umständen dazu noch auf einen weiteren Mann zeitweise zu verzichten, war ein schwerer Einschnitt, aber die Fürsorge für den seiner Führung Anvertrauten verbot es Dalegron, Derfak, der mit seinem gebrochenen Arm wehrlos war, allein auf den langen Heimweg zu schicken. Seine Wahl fiel auf Kvanagh als Begleiter, nicht weil Kvanagh derjenige war, auf den er am ehesten eine Weile verzichten zu können glaubte, sondern derjenige, dem Dalegron zutraute, am schnellsten wieder zurück zu sein.

Kvanagh lief probeweise ein paar Schritte mit Derfak, um einzuschätzen, wie schnell Derfak noch gehen konnte, ohne dass ihn der Arm zu sehr schmerzte. Es schien einigermaßen zu gehen, Kvanagh konnte Derfak noch eine Weile zur Erholung erlauben, ohne dass sie beim Abstieg in die Dunkelheit kommen würden.

Als sie schließlich aufbrachen, nahm Kvanagh nur das Nötigste mit, Wasser, etwas zu essen und zwei Decken, damit sie sich notdürftig schützen konnten, wenn sie doch langsamer wurden und irgendwo am Weg das erste Tageslicht abwarten mussten. Dalegron gab ihm noch eine Binde mit, für den Fall, dass die Schiene sich lockerte.

Derfak versuchte, sich nichts anmerken zu lassen, aber es war nicht zu verkennen, dass er immer noch Schmerzen hatte, die vom Laufen auch nicht unbedingt besser wurden. Auch wenn Dalegron die Schlinge, die den verletzten Arm ruhig stellen sollte, sorgfältig geknüpft hatte, es ließ sich doch nicht vermeiden, dass der Arm bei jedem Schritt leicht bewegt wurde, einfach weil der ganze Körper sich bewegte. Für einen Moment überlegte Kvanagh, ob es besser gewesen wäre, eine Trage für Derfak zu bauen und ihn zu zweit zu tragen, aber er verwarf den Gedanken wieder. Das wäre dann noch ein Mann weniger gewesen, den Dalegron zur Verfügung gehabt hätte, um den Wiederaufbau des Staudamms voranzutreiben, und der Nutzen war fraglich. Auch die beiden Träger mussten ja den Weg mit all seinen Unebenheiten benutzen, es war längst nicht gesagt, dass Derfaks Arm dabei weniger Erschütterungen ausgesetzt gewesen wäre. Außerdem hätte es so wahrscheinlich sogar noch länger gedauert, bis Derfak zu Marquar gekommen wäre und ein Mittel gegen die Schmerzen bekommen hätte, einfach weil die beiden Träger, die aufpassen mussten, dass Derfak nirgendwo gegen stieß, nicht von der Trage fiel und nicht mehr als nötig durchgeschüttelt wurde, langsamer hätten gehen müssen und mit dem Gewicht, das sie zu tragen hatten, viel schneller ermüdet wären. Es war unwahrscheinlich, dass sie es auf diese Weise noch vor Einbruch der Dunkelheit ins Dorf geschafft hätten. Auch wenn es gewiss nicht angenehm war, wenn er die Zähne zusammen biss, war Derfak immer noch am besten dran.

VIII

Obwohl Derfak sich bemüht hatte, nicht langsamer zu werden, war es schon fast vollständig dunkel, als er und Kvanagh das Dorf erreichten. Viel länger hätten sie nicht brauchen dürfen für den Weg, sie hatten gerade noch rechtzeitig den Teil des Pfades erreicht, der breit und eben und entfernt von Schluchten und Steilhängen genug war, dass man ihn auch bei Dunkelheit gehen konnte, ohne mutwillig sein Leben aufs Spiel zu setzen.

Im Dorf wurde trotz der fortgeschrittenen Stunde noch nach Kräften gearbeitet. Alle waren erschöpft, aber es gab zu viel zu tun, um frühzeitig den Feierabend einzuläuten. Als Kvanagh Derfak in Marquars Obhut gegeben hatte und seinen Vater aufsuchte, um ihm zu berichten und selbst zu erfahren, was im Lauf des Tages im Dorf geschehen war, zeigte Ebril sich zuversichtlich, dass sie es schaffen würden, die Schäden an den Häusern zu beheben und vielleicht sogar einen Teil der Ernte von den Feldern zu retten, die überflutet worden waren. Er hatte die Kinder des Dorfes versammelt und ihnen den Auftrag gegeben, den liegengebliebenen Schlamm wegzuschaufeln und zu schauen, was darunter noch zu retten war. Das Getreide auf den betroffenen Äckern war verloren, darüber machte er sich keine Illusionen, aber er hegte die Hoffnung, dass Rüben und Kohl vielleicht noch gefunden, gereinigt und eingesäuert werden konnten. Eine Frau aus dem Dorf hatte Samen zur Verfügung gestellt, die sie aus den Pflanzen aus ihrem Küchengarten gewonnen hatte, und Ebril fand, dass es den Versuch wert war, auf den Feldern, die die Flutwelle verwüstet hatte, vielleicht wenigstens noch etwas Gemüse zu gewinnen.

Die Toten, die das Unglück im Dorf gefordert hatte, waren inzwischen bestattet, auch die beiden Kinder, die Kvanagh von einem Dachbalken erschlagen in ihrem Bett gefunden hatte und die erst aus den Trümmern hatten geborgen werden müssen. Von den Verletzten hatten sich einige so weit erholt, dass sie helfen konnten, Trümmer wegzuräumen und mit der Reparatur oder dem Wiederaufbau der beschädigten oder zerstörten Häuser anzufangen. Andere, denen es nicht so gut ging, saßen etwas abseits und klopften den Mörtel von Ziegelsteinen, die die Kräftigeren ihnen brachten, und bereiteten sie so für eine neue Verwendung vor, und die, denen dazu die Kraft fehlte, brachten sich überall ein, wo sie in ihrem derzeitigen Zustand etwas leisten konnten.

***

Kvanagh plante, am nächsten Morgen noch bei Dunkelheit wieder aufzubrechen, um möglichst mit dem ersten Tageslicht den Anfang des Gebirgssteigs zu erreichen und so schnell wie möglich wieder Dalegron zur Verfügung zu stehen. Doch Ebril entschied anders, er würde zwei andere Männer zum Staudamm schicken. „Hier passiert so vieles gleichzeitig", erklärte er, „viele haben gute Ideen, und es kommen immer wieder neue Fragen. Es wäre gut, wenn du hier bleibst und mir hilfst, den Überblick zu bewahren."

Dass Ebril Unterstützung benötigte, war nachvollziehbar. Er war selbst noch nicht wieder völlig bei Kräften, auch wenn er versuchte, den gegenteiligen Eindruck zu vermitteln, und es gab tatsächlich unheimlich viel, das aufeinander abgestimmt werden musste. So viel, wie durch die Flutwelle zerstört worden war, und so knapp, wie die helfenden Hände im Vergleich dazu bemessen waren, musste es einfach eine Stelle geben, an der wirklich alle Fäden zusammenliefen, wo alle anfallenden Aufgaben bekannt waren und nach ihrer Dringlichkeit sortiert wurden, wo bekannt war, wer gerade was machte, wo alle neu aufkommenden Fragen gestellt werden konnten und bei Bedarf Pläne geändert und Leute zu anderen Aufgaben beordert wurden, bei denen allgemein mehr Hände oder besondere Fertigkeiten benötigt wurden. Das war fast zu viel für einen Mann allein, und Kvanagh bemühte sich, sich so schnell wie möglich einen möglichst guten Überblick zu verschaffen.

***

Am nächsten Morgen konnten Kvanagh und Ebril endlich mit dem Kommandeur der Garnison sprechen, der aus seiner Bewusstlosigkeit erwacht war und seinerseits wissen wollte, was geschehen war. Er konnte sich nur daran erinnern, dass diejenigen unter seinen Männern, die vor ihm gewesen waren, panisch zu schreien begonnen hatten, und noch bevor er hatte versuchen können, in Erfahrung zu bringen, was sie so in Angst versetzte, war er von einer gewaltigen Kraft gepackt und hart gegen die Felswand geschleudert worden.

Marquar hatte Ebril nicht vorgreifen wollen, deshalb war der Kommandant noch völlig ahnungslos, als Ebril und Kvanagh zu ihm kamen. Er dachte, König Celtern müsste weitere Soldaten geschickt haben, die es geschafft hatten, ein Katapult auf die Passhöhe zu bringen; seine eigenen Verletzungen führte er darauf zurück, dass ein Katapultgeschoss ihn gestreift haben müsste, bevor seine Männer eine Warnung hatten rufen können. Die Begleiter oben auf den Felsen, meinte er, müssten entweder als erstes ausgeschaltet worden sein, oder sie hatten einfach in der Dunkelheit nicht weit genug sehen können.

Dass seine Männer mit ihrer vergleichsweise leichten Ausrüstung, zwar flankiert von Bogenschützen, aber ohne Katapulte und Ballisten, und unterhalb des Gegners positioniert, einem Angriff, wie er ihn vermutete, wenig entgegenzusetzen gehabt hätten, war ihm klar. Deshalb traf ihn die Nachricht, dass fast die Hälfte seiner Männer umgekommen war und von den Überlebenden viele verletzt waren, nicht völlig unvorbereitet. Er gehörte zu den Kommandanten, die zu ihren Männern standen, das war bekannt, und jeder Mann, den er verlor, war ein Mann zu viel, aber er hatte sich seelisch auf die Nachricht vorbereiten können.

Trotzdem hatten Ebril und Marquar alle Mühe, ihn auf seiner Liege zu halten. Er war weit davon entfernt, wieder genesen zu sein, das würde bei aller Heilerkunst, die Marquar ihm angedeihen ließ, noch Wochen dauern, aber er wollte unbedingt zu den Männern, die ihm verblieben waren, ihnen Mut zusprechen und einen Boten zum König schicken, um Verstärkung zu erbitten. Dass einer seiner Soldaten sich in der kritischen Situation zu einem Anführer entwickelt hatte, der die Garnison zusammenhielt und gewiss auch schon eine Nachricht an den König auf den Weg gebracht hatte, beruhigte ihn kaum; Ebril ließ nach dem jungen Soldaten schicken, damit der selbst berichten konnte, was er unternommen hatte, seit der Kommandant verletzt worden war. Der junge Mann trat seinem Vorgesetzten fast ängstlich gegenüber, befürchtete vielleicht, für seine Eigenmächtigkeit bezahlen zu müssen, aber der Kommandant ließ sich ruhig berichten und anerkannte, dass sein spontaner Vertreter genau das getan hatte, was er selbst auch getan hätte. Auch nach dem Gespräch sah er nur ungern ein, dass er noch längst nicht wieder so weit war, selbst sein Kommando auszuüben, aber er schien wenigstens etwas beruhigt, zumal sein Vertreter ihm zusicherte, ihm regelmäßig zu berichten und vor jeder Entscheidung seine Erlaubnis einzuholen.

IX

Die Trümmer der ganz oder teilweise zerstörten Häuser abzutragen, dauerte volle fünf Tage, obwohl wirklich jeder mit anfasste, der dazu in der Lage war. Es war allerdings auch so, dass Ebril immer wieder auch Männer und Frauen mit anderen, ebenfalls wichtigen Aufgaben betraute und am zweiten Tag schon eine Gruppe zusammenstellte, die mit der Instandsetzung der ersten Häuser beginnen sollte. Die Arbeit in den Ruinen war auch nicht ungefährlich, weil es fast unmöglich war, abzuschätzen, welche der zerborstenen Balken unter Spannung standen und zurückschlagen würden, wenn sie sich lösten, welche Mauerstücke herunterfallen konnten, wenn sie ihrer Stütze beraubt wurden, und wo der Fuß in den Trümmerhaufen einzubrechen drohte. Entsprechend vorsichtig mussten alle sein, wenn sie die Trümmer Stück für Stück abtrugen, und deshalb ging es nur langsam voran.

Grodmil hatte dem an einer Seite schwer beschädigten Haus des Tuchmachers Vorrang eingeräumt. Er schätzte, dass das Haus noch zu retten war, sah aber auch, dass die Mauern, die an die weggerissene Front zu den Bergen hin grenzten, teilweise unterspült worden waren. Er befürchtete, dass ein stärkerer Regen die Mauern weiter unterhöhlen würde, dann vielleicht so weit, dass sie den Halt verloren und ebenfalls einstürzten. Das galt es unter allen Umständen zu verhindern, denn es gab ohnehin schon zu viele Menschen, die ihr Haus verloren hatten oder es wegen der Beschädigungen nicht nutzen konnten und deshalb woanders unterkommen mussten; dazu kamen auch noch die verletzten Soldaten der Garnison, die noch nicht wieder in der Lage waren, auf eigenen Füßen zur Feste zurückzukehren, und die mit Ochsenkarren abzuholen die verbliebenen gesunden oder nur leicht verletzten Kameraden derzeit nicht leisten konnten.

Sobald die Trümmer beiseite geräumt worden waren, machten mehrere Männer, darunter auch Kvanagh, sich daran, die Wände abzustützen. Von beiden Seiten brachten sie Verstrebungen an, die jeweils gegen den Boden verkeilt wurden, und sobald das geschehen war, wurden die Hohlräume unter den Mauern mit Steinen aufgefüllt. Grodmil achtete darauf, dass dabei keine Zwischenräume blieben, die später nachgeben konnten.

Kvanagh nahm einen Stein, der ihm gut in eine noch offene Lücke zwischen den bereits in das Loch gefüllten Steinen und den untersten Ziegel zu passen schien, pustete eine Ameise weg, die ihm auf die Hand krabbeln wollte, und drückte den Stein in die Lücke. Tatsächlich, er passte, damit war diese Seite fertig, und sie würden bald beginnen können, die Mauer wieder hochzuziehen. Wenn alles gut lief, dann würde es noch zwei oder drei Tage dauern, bis der Tuchmacher und seine Familie wieder in ihr Haus zurück konnten, und der größte Teil ihrer Habe würde ihnen bleiben.

Ein Schatten fiel auf das Haus und die Männer, die dort arbeiteten. Es war eine einzige, aber große Wolke. Kvanagh schaute besorgt nach oben – schlechtes Wetter war jetzt das letzte, was sie brauchen konnten. Doch die Wolke öffnete sich, die ersten schweren Tropfen fielen, und kurz darauf sah Kvanagh sich eingehüllt in einen Regenschauer, der sich mit Urgewalt auf die Erde ergoss. Ein Windstoß fuhr unter die Dachschindeln, eine wurde losgerissen, und Kvanagh konnte gerade noch seinen Nebenmann zur Seite stoßen, damit er nicht getroffen wurde. Es war fast so, als müsste er noch einmal gegen die Flutwelle kämpfen, nur dass diesmal

Sbreloh nicht an seiner Seite war, der Freund, auf den er sich jederzeit hatte verlassen können. Unwillkürlich warf er einen Blick zur Seite, fast in der Erwartung, dass Sbreloh doch da sein müsste, aber natürlich stand dort niemand; nur zwei Schritte weiter rappelte sich gerade der Mann, den Kvanagh zur Seite gestoßen hatte, wieder auf und starrte mit fassungslosem Gesicht auf die zerborstene Dachschindel. „Das war knapp!", hauchte er. „Verflixt noch eins!" „Wir müssen hier weg!", rief Kvanagh ihm zu. „Bevor noch mehr runterkommt."

Der andere nickte, und tief geduckt rannten sie los. Der Regen prasselte auf sie ein, die Hagelkörner trafen schmerzhaft Kopf und Rücken, aber sich einfach tiefer in das Haus des Tuchmachers zu flüchten, wäre zu gefährlich gewesen. Das sah zwar stabil aus, aber zumindest da, wo die Flut Teile weggerissen hatte, war das Dach nicht verlässlich, und sie waren noch nicht so weit gewesen, dass sie hätten sicher sein können, dass die Mauern hielten. Sie hatten zwar schon einige Steine unter die Mauern geschoben, aber noch mochte es Lücken geben, durch die das Wasser eindringen und das Haus weiter unterspülen konnte, bis es vollends einstürzte. Solange Grodmil mit seiner Erfahrung nicht ausdrücklich erkannte, dass das Haus wieder sicher war, bestimmte einzig und allein er, wer sich wann darin aufhalten durfte. Er hatte auch die anderen angewiesen, zuzusehen, dass sie wegkamen; auch wenn sie es eilig hatten und noch einige andere Häuser darauf warteten, repariert oder neu aufgebaut zu werden, ein Risiko wollte er nicht eingehen, und das war nach Kvanaghs Ansicht absolut der richtige Weg.

Sie fanden Schutz im stehengebliebenen Teil des Wirtshauses. Dort hatte Grodmil schon nach dem rechten gesehen und festgestellt, dass die Flut keine Schäden angerichtet hatte, die die Stabilität des Hauses gefährdeten; der zerstörte Anbau war nur an die Seitenwand angelehnt gewesen, aber nicht so mit ihr verzahnt, dass sein Einsturz das Hauptgebäude nennenswert beschädigt hätte.

Grodmil besah sich den Mann, der fast von der fallenden Dachschindel getroffen worden wäre, genau und schickte ihn dann zu Marquar. Er konnte zwar keine Verletzungen erkennen, aber wenn es darum ging, war er der Laie und Marquar der Fachmann, also sollte der auch ein Urteil abgeben, ob der Mann weiter arbeiten konnte oder nicht.

Das Unwetter hielt sich hartnäckig, und es dauerte fast eine Stunde, bis Grodmil losgehen konnte, um zu schauen, inwieweit Regen und Hagel die Bemühungen um das Haus des Tuchmachers wieder zunichte gemacht hatten. Kvanagh folgte ihm, hielt aber genug Abstand, um nicht getroffen zu werden, wenn Dachschindeln herunterkamen oder gleich die ganze Mauer einfiel. Schweigend beobachtete er, wie Grodmil sich dem Haus von der Seite nähert, zunächst die Stützen prüfte, mit denen die Männer die Mauern so gut wie möglich gesichert hatten, und dann in die Hocke ging, um in die Löcher zu schauen, in denen er und die anderen gearbeitet und die Mauern mit Steinen unterfüttert hatten.

„Hier sieht's gut aus", stellte er nach einigen Augenblicken fest. Er klopfte gegen die Steine, die unter die Mauern geschoben worden waren und sich keine Winzigkeit bewegten. „Ein bisschen Wasser steht jetzt drin, das können wir rausschöpfen und dann zumachen." Er ging auf die andere Seite, um auch dort zu prüfen. Das war die Ecke des Hauses, die stärker betroffen gewesen war, hier waren die stehen gebliebenen

Wände tiefer unterspült worden, und Kvanagh und die anderen hatten noch nicht alle Lücken geschlossen. Da hatte der Guss dann auch tatsächlich mehr Schaden angerichtet, ein paar der Steine waren noch nicht richtig fest gewesen und wieder weggedrückt worden vom Wasser, dass sich hier seinen Weg gebahnt hatte.

Das Wegschöpfen des Wassers nahm einige Zeit in Anspruch, vor allem, weil sie wegen des ungleichmäßigen Zuschnitts der Gruben mit großen Eimern nicht viel ausrichten ließ. Die Männer mussten das Wasser mit kleineren Gefäßen in die bereitstehenden Eimer schöpfen, die dann wiederum in den Fluss entleert wurden.

Bedingt durch diese ärgerliche Verzögerung kamen Kvanagh und die anderen mit dem Neubau der Mauer längst nicht mehr so weit, wie Grodmil gehofft hatte. Als der Einbruch der Dunkelheit für diesen Tag Einhalt gebot, waren die Balken – teils alte, die nur heruntergefallen, aber nicht geborsten waren, teils neue, die noch nie irgendwo verbaut gewesen waren – vorbereitet, aber noch kein einziger an Ort und Stelle eingefügt. Eigentlich hatte Grodmil das Balkengerüst bis zum Abend fertiggestellt haben wollen, damit sie am nächsten Morgen direkt damit beginnen konnten, die Wand auszumauern; jetzt würde frühestens gegen Mittag der erste Ziegel eingesetzt werden, und es konnte gut sein, dass der Schneider mit seiner Familie noch eine weitere Nacht im Wirtshaus verbringen musste, das völlig überfüllt war, weil neben den obdachlos gewordenen Dorfbewohnern auch ein Großteil der Soldaten der Garnison dort untergebracht worden war, die noch nicht wieder in der Lage waren, zur Feste zurückzukehren.

Auch an anderen Stellen waren die Aufräumarbeiten durch das Gewitter zumindest verzögert und teilweise auch zurückgeworfen worden. So hatten Regen und

Hagel an vielen Stellen den notdürftig zusammenge-
schaufelten Dreck wieder verteilt und mühsam passier-
bar gemachte Wege wieder zugeschwemmt. Eine Bäuerin, Sanja, hatte am Vortag die von der Flutwelle be-
schädigte Haustür repariert und war gerade fast damit
fertig geworden, den eingedrungenen Schlamm nach
draußen zu schaufeln und den Boden zu wischen, als
der Regen ihr wieder alles nass und dreckig gemacht
hatte. Wäre der Weg vor ihrem Haus frei gewesen, dann
wäre nichts passiert, aber weil eben der Schlamm nur
behelfsmäßig weggeräumt worden war, hatte das Wasser
wieder unter der Tür durchgedrückt.

Auf den Feldern brachte der kalte Guss die Rettung
der Ernte ins Stocken. Die Kinder des Dorfes, unter
ihnen Quenmerva und Asmerle, hatten gute Fortschritte
gemacht und unter der Schlammschicht viele noch ver-
wertbare Rüben gefunden, aber jetzt hatte ihnen der
Regen die Rüben, die sie teilweise freigelegt, aber noch
nicht geerntet hatten, weil sie ja das Geerntete auch
säubern und einlagern oder verarbeiten mussten, wieder
zugeschwemmt. Immerhin verloren sie nicht den Mut,
und sobald der Regen nachgelassen hatte, waren sie
wieder auf den Feldern und gruben die Rüben ein zwei-
tes Mal frei.

X

Auch in den nächsten Tagen machte das Wetter den Bewohnern des Dorfes zu schaffen. Alles in allem war es zwar eher sonnig und trocken als regnerisch, aber immer wieder gab es kurze Einbrüche, die das Aufräumen und den Wiederaufbau der zerstörten Häuser empfindlich beeinträchtigten. Mal war es ein heftiger Regenguss, der sich innerhalb kürzester Zeit über dem Dorf zusammenbraute, mal blitzte es, wo der Himmel ein paar Augenblicke zuvor noch frei von Wolken gewesen war, wie an dem Tag, als Derfak sich verletzt hatte, und dann wiederum fegte plötzlich eine Windboe durch das Dorf, die aus einer ganz anderen Richtung kam als der Wind sonst den ganzen Tag über. Immer wieder geschahen dadurch Unfälle, Männer, Frauen und auch Kinder verletzten sich dabei, wenn auch zum Glück nur leicht. Niemand konnte vorhersagen, was als nächstes kommen würde, und es schien keinen wirksamen Schutz gegen die unberechenbaren Wetterereignisse zu geben.

Ebril, der sich inzwischen von seinem Kampf mit der Flutwelle erholt hatte, beobachtete die Entwicklung mit Sorge. Noch kämpften die Dorfbewohner tapfer gegen die Naturgewalten an, beseitigten Stück für Stück die Schäden, die die Flut hinterlassen hatte, und bemühten sich, daneben auch die alltäglichen Arbeiten so gut wie möglich zu erledigen, aber es war abzusehen, dass die ersten bald mit ihren Kräften am Ende sein würden. Die Menschen waren daran gewöhnt, hart zu arbeiten und persönliche Bedürfnisse zurückzustellen, wenn es nötig war, aber eine derartige Ausnahmelage hatte das Dorf seit Menschendenken nicht erlebt, selbst nicht nach den Schlachten gegen die Soldaten aus dem benachbarten Königreich, und alle waren schon seit Tagen ununterbrochen von früh morgens bis weit in den Abend hinein im Einsatz. Selbst in der Nacht kamen manche nicht zur Ruhe, das betraf nicht nur Marquar, seine Frau und einige Frauen aus dem Dorf, die im Wechsel auch nachts nach den Verletzten sahen. Auch Ebril und Kvanagh saßen oft noch am späten Abend am Tisch, trugen den Fortschritt bei den verschiedenen Arbeiten zusammen und legten fest, was am nächsten Tag gemacht werden musste. Oft holten sie Grodmil dazu, damit er sein Wissen bei der Instandsetzung der Häuser einbrachte, und die Handwerker, um zu erfahren, wie es um ihre Lagerbestände bestellt war. Was nutzte es denn zum Beispiel, viele Leute zum Einschlagen von Nägeln abzustellen, wenn der Schmied nicht mehr genug Nägel hatte und Hilfe brauchte, um in ausreichender Zahl neue herstellen zu können? Oder wenn der Weber kein Tuch mehr abzugeben hatte, weil die Bauern über die Aufräumarbeiten das Scheren der Schafe verschoben hatten?

***

Neun Tage nach dem Unglück traf Ebril eine Entscheidung, die ihm sichtlich schwer fiel: „Wir brauchen Hilfe", stellte er in einer abendlichen Besprechung mit Grodmil, Marquar und Kvanagh fest. „Wir sind noch längst nicht fertig damit, die Häuser zu reparieren und alles andere, was die Flutwelle zerstört hat, und Dalegron hat einen Boten geschickt, dass er mehr Männer braucht." Kvanagh nickte nur, er hatte gesehen, wie einer der Männer aus Dalegrons Gruppe ins Dorf gekommen war, um zu berichten, dass die Arbeiten am Staudamm langsamer voranschritten, als alle sich vorher

ausgerechnet hatten, auch wegen fortwährender Wetter-
einbrüche, und dass erheblich mehr Männer benötigt
wurden, wenn der Staudamm trotzdem noch vor dem
Winter fertig werden sollte.

Aber woher sollte Ebril diese Männer nehmen? Sie
von Grodmils Gruppe abzuziehen, die sich der Instandsetzung der Häuser widmete, hätte bedeutet, die mitunter qualvolle Enge in einen Dauerzustand zu überführen
und für das Dorf wichtige Handwerke gerade jetzt, wo
von allem und jedem mehr gebraucht wurde als üblich,
unter unzureichenden Bedingungen zu halten. Schon
jetzt hatte der Schreiner und Zimmermann Schwierigkeiten, Holz zuzuschneiden, weil der unregulierte und
schlammige Flusslauf das Sägewerk nicht gut genug
antrieb, und der Lehrjunge des Gerbers, der überlebt
hatte, weil er im Haus seiner Eltern geschlafen hatte
statt in dem seines Lehrherrn, musste im Freien versuchen, die Arbeit eines voll ausgebildeten Ledermachers
zu versehen.

Mit dem Kommandanten der Garnison hatte Ebril
bereits gesprochen, aber der bedauerte zwar ehrlich, ihm
nicht helfen zu können, konnte aber, gerade weil ja auch
seine Mannschaft so sehr dezimiert worden war, keinen
einzigen Mann entbehren. Die Hälfte seiner Soldaten
war tot, von den Überlebenden waren viele immer noch
mehr oder weniger schwer verletzt, und nur die wenigsten waren rundum einsatzfähig. Solange die Verstärkung
noch nicht eingetroffen war, nach der der Kommandant
geschickt hatte, musste er alle Kräfte, die ihm zur Verfügung standen, darauf konzentrieren, einen eventuellen
Angriff Onyls zurückzuschlagen. Ebril glaubte allerdings
nicht mehr daran, dass es einen solchen Angriff geben
würde, denn wenn das der Plan gewesen wäre, dann
hätte König Celtern frühzeitig Truppen in Stellung ge-

bracht, um zuzuschlagen, solange die gegnerische Armee unmittelbar nach der Flutwelle noch völlig konfus und mit sich selbst beschäftigt war, auf jeden Fall unfähig zu geordneter Gegenwehr. Jetzt, wo ein Teil der Soldaten, der nicht von der Flutwelle getötet worden war, Zeit gehabt hatte, zu genesen, wo die Garnison Zeit gehabt hatte, sich an einem geeigneten Ort neu aufzustellen, und wo König Archal Zeit gehabt hatte, Verstärkung in Marsch zu setzen, da war es vom logischen Standpunkt aus schon zu spät, um die Wirkung der Flut auszunutzen.

Weil ihm die Garnison nicht helfen konnte, hatte Ebril sich schweren Herzens zu der Entscheidung durchgerungen, Boten zu den nächstgelegenen Dörfern zu senden, mit der Bitte, Hilfe zu schicken. Die vier Männer, die er dafür auswählte, würden natürlich auch wieder im Dorf fehlen, aber auswärtige Hilfe zu holen war jetzt, wo die Aufräumarbeiten hinter den Hoffnungen zurückblieben, unausweichlich und wichtiger als die zusätzlichen Verzögerungen, die dadurch – hoffentlich vorübergehend – bei den Arbeiten verursacht wurden.

Ebril setzte Schreiben an die Dorfoberen auf, in denen er die Lage seines Dorfes erklärte und darum bat, ihm so viele Männer zu schicken, wie entbehrlich waren, damit sie halfen, die Häuser wieder aufzubauen und die Ernte zu retten. Er verschwieg nicht, dass unberechenbares Wetter die Arbeiten erschwerte und gefährlicher machte, als sie hätten sein müssen, war aber zuversichtlich, dass die Oberen der anderen Dörfer trotzdem Hilfe schicken würden. Einige von ihnen kannte er persönlich und war von ihrer Integrität überzeugt, bei anderen hoffte er einfach auf ihr Mitgefühl und das Wissen, dass sie selbst vielleicht auch einmal Hilfe brauchen würden. Die eine Hälfte der Briefe gab er zwei Männern mit, die gemeinsam nach Norden gehen sollten, die anderen den beiden übrigen Männern, die in den weiter südlich gelegenen Dörfern um Hilfe ersuchen sollten.

XI

Die Boten hatten einen weiten und beschwerlichen Weg vor sich, so dass keiner damit rechnen durfte, dass vor Ablauf einiger Tage Hilfe eintreffen würde. Doch als auch nach einer Woche noch niemand gekommen war, wurde Ebril unruhig und machte sich Sorgen um die Boten, die er ausgesandt hatte. Waren sie abgefangen worden? Waren noch Soldaten aus Onyl in der Gegend, die verhindern wollten, dass das Dorf Hilfe bekam? Weil es von strategischer Bedeutung war, das Dorf schwach zu halten, und weil ihnen das Wetter dabei in die Karten spielte? Oder waren die Boten gewöhnlichen Wegelagerern zum Opfer gefallen? Noch mehr Leute konnte er nicht entbehren, um einen neuen Versuch zu starten, und es wäre auch zwecklos gewesen, wenn die nächsten Boten auch wieder ausgeraubt und ermordet worden wären. Was sollte er tun? Noch einmal mit dem Kommandanten der Garnison reden, ob er nicht wenigstens einen berittenen Boten für einige Tage entbehren konnte?

***

Am siebzehnten Tag nach der Katastrophe, eine Woche und einen Tag nach ihrem Aufbruch, stolperten mittags die beiden Männer ins Dorf, die mit dem Auftrag unterwegs gewesen waren, in den nördlichen Dörfern nach Hilfe zu fragen. Sie waren am Ende ihrer Kräfte, kaum noch in der Lage, sich auf den Füßen zu halten, und einer der beiden hatte die Hand notdürftig verbunden.

Ebril nahm sie mit ins Haus und bat Kvanagh, rasch etwas zu essen und zu trinken zu holen, ehe er dazukam. Kvanagh brachte Brot und Käse und stellte einen Krug Wasser dazu, den er frisch vom Brunnen geholt hatte. Dankbar griffen die beiden Männer zu, und Ebril wartete, bis sie den schlimmsten Hunger und Durst besiegt hatten, ehe er sich berichten ließ. Der Zustand der beiden Boten war nicht erfreulich, aber immerhin lebten sie und hatten es zurück ins Dorf geschafft, das war ein Grund, wenigstens ein wenig aufzuatmen.

Doch ihre Nachrichten ließen dieses Aufatmen gleich wieder im Halse stecken bleiben, denn sie brachten ausschließlich Absagen mit. Es war nicht so, dass die Dorfoberen keine Männer abstellen wollten – sie konnten es schlicht und ergreifend nicht. Zwar war beim Einbruch des Staudamms kein anderes Dorf von einer Flutwelle getroffen worden, aber sie hatten alle mit den gleichen aus dem Nichts aufkommenden Unwettern und Sturmböen zu kämpfen wie Kvanaghs Dorf, sie hatten selbst Schäden an Häusern und Höfen zu reparieren, beklagten, wenngleich es bis jetzt zum Glück keine Toten gegeben hatte, Verletzte, die einerseits versorgt werden mussten und andererseits als Arbeitskräfte fehlten, und mussten um die Ernte fürchten.

Zum ersten Mal seit dem Anschlag auf den Staudamm war Ebril vollkommen ratlos. Er wagte nicht, zu hoffen, dass die Boten, die er nach Süden ausgesandt hatte, mit besseren Nachrichten zurückkehren würden als die, die im Norden um Hilfe ersucht hatten. Offensichtlich betrafen die wiederholten Unwetter mit all ihren Folgen einen weiten Umkreis, und Ebril war weit genug mit den Verhältnissen in diesem Landstrich vertraut, um die üblichen Wettergrenzen zu kennen.

Es war schwer vorstellbar, wie das Dorf unter den derzeit herrschenden Umständen die Beseitigung aller

Schäden bewältigen und gleichzeitig ausreichend große Vorräte für den Winter anlegen sollte, aber die Möglichkeiten, Hilfe zu holen, schienen endgültig erschöpft. Wie weit sollten die Boten denn laufen, bis sie auf ein Dorf stießen, das nicht selbst in Nöten war und den einen oder anderen Mann schicken konnte? Oder sollte man einen Boten direkt in die Hauptstadt schicken, der beim König um Hilfe ersuchte? Das würde lange dauern, und der Erfolg war zweifelhaft, auch wenn König Archal sich seinen Untertanen meistens gewogen zeigte.

XII

Am Tag nach der Rückkehr der Boten aus dem Norden war Kvanagh im Wald, um Holz zu schlagen für den Neubau des Gerberhauses. Frisch geschlagene Stämme für den Bau eines Hauses zu verwenden, widersprach aller Handwerkskunst, und es war abzusehen, dass die ersten Schäden, die der Ausbesserung bedurften, nicht lange auf sich warten lassen würden, aber die Flutwelle hatte so viel zerstört, dass der Zimmermann, der selbst ja auch Schäden an Haus, Werkstatt und Lager zu beklagen hatte, längst nicht genügend durchgetrocknete Balken in Reserve hatte.

Es fiel Kvanagh schwer, sich auf die Arbeit zu konzentrieren, denn seine Gedanken kreisten unablässig darum, was man tun konnte, um all die Sorgen zu bewältigen, die das Dorf zu erdrücken drohten. Schon in der Nacht hatte ihm das viel von seinem Schlaf geraubt, obwohl er am Abend vollkommen erschöpft auf sein Lager gefallen war. Er wusste, dass es gefährlich war, sich von der Arbeit im Wald ablenken zu lassen, die Axt war scharf, und manche Äste standen unter Spannung, aber er schaffte es nicht, die Gedanken einfach zur Seite zu schieben.

Am späten Vormittag kehrte er zum ersten Mal ins Dorf zurück, einen Stamm hinter sich her ziehend, den er bereits entastet hatte. Zum Teil hatte sich während des Transports auch die Borke gelöst, vollständig entrinden würde den Stamm eine der Frauen.

Als Kvanagh das Haus des Zimmermanns erreichte, sah er, dass sich auf dem Dorfplatz eine Reihe von Menschen zusammengefunden hatten. Sie umstanden irgendwas oder irgendwen, aber er konnte nicht erkennen, was. Auch als er den Baumstamm ablegte und sich auf die Zehenspitzen stellte, um besser sehen zu können, blieb ihm der Grund des Auflaufs verborgen. Aber die Leute wirkten ratlos, so viel konnte er immerhin erkennen, und von Ebril war weit und breit nichts zu sehen. Also lag es wohl an ihm, eine Beurteilung der Lage vorzunehmen, deshalb verwarf er den Plan, direkt in den Wald zurückzukehren und den nächsten Stamm zu schlagen, und ging stattdessen zu den anderen.

Als er sich näherte, machten die anderen bereitwillig Platz. Auch wenn er erst siebzehn war, hatte sein Wort doch gerade in den Tagen nach der Flutwelle viel an Gewicht gewonnen, und die Männer und Frauen, die ein für ihn noch nicht sichtbares Etwas in ihrer Mitte beobachteten, schienen froh, dass er kam, um die Sache in die Hand zu nehmen.

Das unbekannte Etwas entpuppte sich beim Näherkommen als zwei Kinder, die Kvanagh auf dreizehn oder vierzehn Jahre schätzte, ein etwas schmächtiger Junge und ein Mädchen, an dem sofort das feuerrote Haar auffiel. Kvanagh kannte sie nicht und konnte sich nicht entsinnen, sie je gesehen zu haben. Im ersten Moment überlegte er, ob es Verwandte von ehemaligen Dorfbewohnern sein konnten, die es in ein anderes Dorf gezogen hatte; da gab es durchaus den einen oder anderen, Handwerksgesellen, die sich anderswo niedergelassen hatten, wo sie mit ihren Diensten ein besseres Auskommen haben konnten, und Frauen, die woandershin geheiratet hatten. Doch deren Familien waren entweder von gelegentlichen Besuchen im Dorf bekannt, oder die Weggezogenen hatten die meisten Brücken hinter sich abgebrochen, so dass ihre Kinder auch keinen Grund hatten, das Heimatdorf von Mutter oder Vater aufzusuchen.

Der zweite Gedanke war, dass der Obere des Heimatdorfes der Kinder die gleiche Entscheidung getroffen haben musste wie Ebril und angesichts ständiger Schwierigkeiten, von denen die zurückgekehrten Boten ja auch berichtet hatten, andere Dörfer um Hilfe zu bitten. Kinder als Boten auszusenden, war sicher ungewöhnlich, aber wenn es so war, wie Kvanagh vermutete, dann musste die Lage im Dorf der Kinder sehr verzweifelt sein. Entweder gab es dort keine Männer mehr, die körperlich dazu in der Lage gewesen wären, sich auf den Weg zu machen, oder es war so viel zu bewältigen, dass die Kinder die einzigen waren, die das Dorf entbehren konnte. Wie auch immer, wenn die beiden um Hilfe bitten wollten, dann waren sie umsonst gekommen, denn Ebril hatte nichts, was er ihnen hätte anbieten können; sonst hätte er ja nicht selbst schon Boten ausgeschickt.

***

Der Junge und das Mädchen ließen Kvanaghs Musterung ruhig über sich ergehen. Überhaupt wirkten sie für ihr Alter bemerkenswert abgeklärt, so als hätten sie schon eine Menge erlebt. „Meine Name ist Jore", erklärte der Junge ruhig. „Und das ist Meira." Mit einer Geste seines Kopfes deutete er auf seine Begleiterin. Auch Kvanagh nannte seinen Namen und erkundigte sich dann, woher die Kinder kamen.

Die Beschreibung, die Jore ihm zur Antwort gab, sagte ihm nichts. Das Dorf musste eine gehörige Strecke im Süden liegen, ebenfalls am Fuß der langen Bergkette, die die Königreiche Onyl und Albeit trennte, und weit weg von den nächsten Nachbardörfern.

„Es heißt, ihr braucht Hilfe, weil euer Dorf von einer Flutwelle getroffen wurde", eröffnete Jore ihm dann. „Wir sind gekommen, um zu helfen."

Damit traf er Kvanagh völlig unvorbereitet. Kvanagh hatte sich überlegt, wie er den Kindern schonend beibringen sollte, dass sein Dorf ihnen keine Hilfe gewähren konnte und dass auch kein Dorf in der Umgebung dazu in der Lage sein würde; dass die Kinder gekommen sein könnten, um ihrerseits ihre Hilfe anzubieten, wäre ihm im Traum nicht eingefallen.

Es war auch zu unwahrscheinlich – wer schickte Kinder als Hilfe, Kinder, die bestimmt nicht stark genug waren, um die schweren Arbeiten zu verrichten, die der Neubau des Staudamms und die Instandsetzung des Dorfes mit sich brachten? Und wie konnten sie überhaupt von der Not seines Dorfes erfahren haben, wenn sie so weit in der Abgeschiedenheit der Berge lebten, dass Kvanagh noch nie von ihrem Dorf gehört hatte, das nicht mal einen Namen hatte. Es schien undenkbar, dass die von Ebril nach Süden ausgesandten Boten zufällig auf dieses Dorf gestoßen waren, wenn es wirklich so fern aller bekannten Wege lag, und wer sollte von einem der Dörfer, die die Boten hoffentlich aufgesucht hatten, die Nachricht in diese Einsamkeit weitergetragen haben? Vor allem in so kurzer Zeit?

XIII

Kvanagh war sich nicht sicher, was er von Jore und Meira zu halten hatte. Konnten sie wirklich eine Hilfe sein, die anzunehmen im Sinne des Dorfes war? Wenn nicht, war es dann nicht doch seine Pflicht, ihnen für ein oder zwei Nächte Quartier anzubieten, ehe sie sich wieder auf den Rückweg machten? Oder musste er sie angesichts der eigenen Schwierigkeiten und vor dem Hintergrund der Ereignisse der letzten Zeit wieder wegschicken? Waren sie vielleicht sogar eine Gefahr, womöglich als unschuldig ausschauende Saboteure von König Celtern geschickt?

Noch ehe er seine Überraschung über das unerwartete Auftauchen der Kinder verarbeitet hatte, und lange bevor er auch nur angefangen hatte, Nutzen und Risiken gegeneinander abzuwägen, sprengten zwei Jungen aus dem Dorf den Kreis um Kvanagh und die beiden Neuankömmlinge. Die beiden Buben waren völlig außer Atem, und einige Augenblicke lang standen sie keuchend vor Kvanagh, den Oberkörper vorgebeugt und die Hände auf die Knie gestützt.

Es musste etwas passiert sein, das legte nicht nur die Eile der beiden Jungen nahe, Kvanagh konnte es auch von ihren Gesichtern ablesen, lange bevor sie wieder genug Atem geschöpft hatten, um auch nur ein Wort herauszubringen. Es wäre ihm lieber gewesen, wenn Jore und Meira nicht mitgehört hätten, immerhin waren sie Fremde, über deren Vertrauenswürdigkeit er sich noch kein Bild hatte machen können, aber er wusste nicht, in wessen Aufsicht er sie auf die Schnelle hätte geben sollen, und er wollte keine Zeit damit verlieren, jemanden auszuwählen, der vorübergehend auf die beiden Kinder aufpasste.

„Sie sind in der Höhle!", japste Berell schließlich, der Älteste des Bauern Fjekyl. „Quenmerva und Asmerle!", fügte er nach einer kurzen Pause hinzu, gerade als Kvanagh schon fragen wollte, von wem er sprach. Berell war sichtlich vom erlittenen Schrecken gezeichnet, deshalb musste Kvanagh einigermaßen behutsam vorgehen, und es kostete ihn einige vielleicht wertvolle Zeit, aus dem Bauernsohn und seinem Begleiter herauszuholen, was passiert war.

Die beiden Jungen waren zusammen mit Kvanaghs Schwestern von Ebril dazu eingeteilt worden, für Marquar Heilkräuter zu sammeln. Das hatte Kvanagh noch mitbekommen, denn Ebril pflegte die Aufgabenverteilung für den Tag mit ihm zu besprechen. Die ergiebigsten Fundstellen, auch das wusste er, waren ein ganzes Stück vom Dorf entfernt, es war schon ein kleiner Anstieg bis dorthin, aber nichts Gefährliches, wo man besser keine Kinder hingeschickt hätte.

Die vier waren schon eine ganze Weile bei der Arbeit gewesen, als sie plötzlich von einem Unwetter überrascht worden waren. Es war genau eines dieser Unwetter, wie sie in letzter Zeit so oft unvermittelt auftraten, auf einen kleinen Raum beschränkt, aber dort dann umso wütender. Um nicht völlig durchnässt und womöglich von schweren Hagelkörnern verletzt zu werden, hatten die Kinder sich in eine nahegelegene Höhle geflüchtet, die sie kannten und von der sie auch gelernt hatten, dass sie sicher war, fest, nicht so verästelt, dass sie sich hätten verlaufen können, und nicht von wilden Tieren bewohnt. Kvanagh hätte es nicht anders gemacht, die Höhle war von der Stelle aus, wo die Kinder gewesen waren, der nächstgelegene Unterschlupf, und bei Gewitter, Starkregen und Hagel einfach weiter nach Heilpflanzen zu suchen, war nicht nur sinnlos, weil man

ohnehin kaum etwas sah, sondern auch höchst gefährlich. Schon allein als höchster Punkt auf dem freien Feld
zu stehen, lud den Blitz geradezu ein, dass sie das unbedingt vermeiden mussten, wussten auch die Kinder.

Doch diesmal war das Unwetter so heftig gewesen,
dass der Hang über der Höhle abgerutscht war; es war
passiert, als die Kinder gerade in die Höhle hatten
schlüpfen wollen. Massen von Erde und Steinen hatten
den Höhleneingang verschüttet, es war nicht einmal
mehr zu sehen, wo er einmal gewesen war.

Berell hatte noch versucht, die beiden Mädchen, die
vor ihm gewesen waren, tiefer in die Höhle zu schubsen.
Ob es ihm gelungen war, so dass Quenmerva und Asmerle nur eingeschlossen, sonst aber unversehrt waren,
oder ob die beiden Mädchen unter Tonnen von Geröll
begraben lagen, konnte er nicht sagen. Er selbst hatte
sich nur mit Mühe zur Seite retten können und nur ein
paar matschige Erdbrocken abbekommen.

Kvanagh wusste, dass er keine Zeit verlieren durfte.
Selbst wenn seine Schwestern verschüttet worden war-
en, gab es noch eine kleine Hoffnung; wenn nicht das
ganze Gewicht des abgerutschten Hangs auf sie drückte
und sie es geschafft hatten, mit den Händen einen
Hohlraum vor dem Gesicht freizuhalten, dann konnten
sie vielleicht eine kurze Zeitspanne überleben. Umgekehrt waren sie aber auch nicht gerettet, wenn sie nicht
verschüttet worden waren, denn dann konnte immer
noch die Luft schlecht werden, so dass sie erstickten,
oder sie starben an Unterkühlung.

Kvanagh lief rasch ins nächste Haus, um zu holen,
was er auf die Schnelle greifen konnte, und was für die
Rettung seiner Schwestern nützlich sein konnte. Einer
Frau, die dabei stand, trug er auf, Tee zu kochen und
damit so schnell wie möglich zur Höhle zu kommen.

Auch Jore und Meira konnten sich nützlich machen, sie trugen die Decken, die Kvanagh in aller Eile zusammenraffte. Kvanagh selbst nahm Hacke und Schaufel, Berell und dem anderen Jungen trug er auf, ein Seil zu besorgen, für den Fall, dass sie schwere Steinbrocken zu mehreren ziehen mussten.

Danach verließen sie im Laufschritt das Dorf, vornean Kvanagh, dann Jore und Meira, und hinter ihnen ein alter Mann, der Kvanagh keuchend zurief, er könnte sich noch von früher erinnern, dass die Höhle einen zweiten Eingang hatte. Davon war Kvanagh nichts bekannt, solange er denken konnte, war die Höhle immer nur durch den einen Eingang betreten worden, den alle kannten. Eine Nachfrage sparte er sich, denn der Alte brauchte seinen Atem zum Laufen. Er würde ohnehin einen Augenblick brauchen, um sich vor Ort ein Bild der Lage zu machen, und in dieser Zeit würde er sich anhören können, wo der zweite Zugang sein sollte. Er konnte sich nicht vorstellen, dass dieser Eingang noch so einfach zugänglich war, denn sonst hätte er ihn selbst gekannt, aber je nachdem, wie schlimm es am verschütteten Zugang aussah, konnte es eine Möglichkeit sein, zu prüfen, ob der andere Weg vielleicht einfacher notdürftig gangbar gemacht werden konnte.

Als er den abgerutschten Hang sah, war sein erster Eindruck, dass sie Tage brauchen würden, um den Eingang wieder freizulegen. Das war allein schon wegen der Kühle, die in der Höhle herrschte, zu lange für Quenmerva und Asmerle, die bestimmt nicht weniger durchnässt waren als Berell und nichts hatten, um sich zu wärmen.

„Wo ist der zweite Eingang, von dem du gesprochen hast?", wandte er sich deshalb an den Alten. „Kann man da noch irgendwie rein?" „Wir nicht", antwortete der alte Mann bedächtig. „Es war immer nur ein schmaler Gang in den Felsen, und seit lange vor deiner Geburt ein Felsbrocken heruntergestürzt ist, kommt da kein Mann mehr durch." „Dann nützt uns das gar nichts", stellte Kvanagh bitter fest. Warum erzählte der Alte davon, wenn er doch wusste, dass der Eingang verstürzt war, und verschwendete damit Zeit, die sie nicht hatten? „Die Kinder könnten es schaffen", fuhr der Alte fort und deutete auf Jore und Meira. „Sie sind schmal genug, sie könnten sich durch den Spalt zwängen."

„Gefährlich", befand Kvanagh, nachdem er sich das einen Moment durch den Kopf hatte gehen lassen. „Können wir den Spalt irgendwie verbreitern?" Das würde auch wieder Zeit kosten, das war ihm klar, aber irgendwie widerstrebte es ihm, das Schicksal seiner Schwestern in die Hände zweier Kinder zu legen, die er nicht einmal kannte.

„Wir machen es!", beschloss Jore, ohne Kvanagh Zeit zu geben, sich eine andere Lösung einfallen zu lassen. „In unserem Dorf arbeiten wir manchmal in der Erzmine, wir kennen uns also aus mit schmalen Durchgängen." Meira nickte beipflichtend, die beiden hatten sich offenbar abgesprochen und fürchteten sich nicht davor, durch einen Spalt zu kriechen, der schon seit vielen Jahren nicht mehr benutzt worden war. Oder sie hatten Angst, wollten es aber nicht zeigen, das konnte Kvanagh nicht beurteilen, weil er sie dafür nicht gut genug kannte.

Für lange Auseinandersetzungen war keine Zeit, deshalb stimmte er am Ende widerstrebend zu. „Wo ist der Zugang?", fragte er den Alten. „Dort drüben", antwortete der und zeigte mit ausgestreckten Arm nach rechts. Kvanagh folgte der angezeigten Richtung mit den Augen, konnte aber nichts erkennen. „Ich seh nichts", sagte er. „Führ uns hin!"

Der Alte nickte und ging voran. „Hier", sagte er wenig später und deutete auf eine fast zugewucherte Spalte im Fels. Selbst wenn man davor stand, war sie kaum zu sehen, und von dort, wo der bekannte Eingang gewesen war, war sie für nicht Eingeweihte unmöglich zu erkennen. „Es geht schräg nach links", erklärte der Alte. „Nach ein paar Schritten sieht es so aus, als wäre der Gang zu Ende, aber wenn ihr oben unter der Decke guckt, dann seht ihr, dass es da eine schmale waagerechte Spalte gibt. Nachdem der Gang eingestürzt ist, haben einige Männer nachgesehen, es ist nur ein kurzes Stück, ehe der Gang weiter geht." „Konntet ihr das von der Stelle aus sehen, wo der Gang eingebrochen ist?", wollte Kvanagh wissen. „Oder müssen wir damit rechnen, dass es weiter drinnen noch mehr eingestürzte Stellen gibt, durch die dann auch die Kinder nicht durchkommen?" „Wir haben damals von beiden Seiten geguckt", versicherte der Alte. „Es ist wirklich nur die eine Stelle, und sie ist nicht lang."

Kvanagh blieb nichts anderes übrig, als zu hoffen, dass die Erinnerung den Alten nicht trog, und dass es inzwischen nicht noch mehr Verschiebungen im Fels gegeben hatte, durch die der Spalt jetzt auch für Jore und Meira zu eng geworden war. Außerdem wunderte er sich, dass ihm nie ein Gang aufgefallen war, der von der Höhle weg führte, aber danach wollte er den Alten nicht fragen, um nicht noch mehr Zeit zu vergeuden. So genau hatte er die Höhle auch nie erforscht, sie war für ihn immer nur Unterschlupf bei schlechtem Wetter gewesen, und er konnte sich nicht entsinnen, jemals einen Blick hinter die Felsbrocken und Vorsprünge geworfen zu haben, die sich an den Wänden entlangzogen; einen schmalen Gang, zumal wenn er verdeckt war, konnte er leicht übersehen haben.

Meira zündete geschickt eine der kleinen Talglampen an, die Kvanagh mitgebracht hatte. Kvanagh wollte Jore eine zweite reichen, doch der Junge lehnte ab. „Das Licht von Meiras Lampe reicht mir", erklärte er. Er griff nach Schaufel und Hacke. „Falls wir sie freigraben müssen."

Kvanagh nickte nur. Den Gedanken, dass Quenmerva und Asmerle nicht nur eingeschlossen, sondern auch verschüttet sein konnten, hatte er in den letzten Augenblicken verdrängt, aber natürlich hatte Jore Recht. Überhaupt wirkte er für sein Alter unheimlich abgeklärt, er schien genau zu wissen, worauf er sich einließ, und alle Eventualitäten im Auge zu behalten.

Mit vereinten Kräften rissen Jore, Meira und Kvanagh Grünzeug und Erdbatzen von der Öffnung weg, und die beiden Kinder drangen in den engen Gang vor. Noch konnten sie fast aufrecht stehen und mussten nur ein wenig die Schultern drehen, um nicht seitlich anzustoßen.

„Viel Glück!", wünschte Kvanagh ihnen. Am liebsten wäre er selbst gegangen, aber wenn der Alte sagte, dass der Durchstieg zu schmal war für einen erwachsenen Mann, dann musste er das glauben. Es trotzdem selbst versuchen zu wollen, wäre starrköpfig gewesen und hätte Quenmerva und Asmerle vielleicht zusätzlich geschadet, über die Angst hinaus, die sie sicherlich ausstanden. Kvanagh klammerte sich an das Bild, dass seine Schwestern zusammengekauert in der Höhle hockten, dass die ältere die jüngere im Arm hielt, denn jede andere denkbare Szene war weitaus schlimmer.

Die Wartezeit war schier unerträglich. Kvanagh ging den Hang wieder in die Gegenrichtung entlang, zurück zu der abgerutschten Stelle. Er hoffte, dass er dort irgendwas tun, dass er anfangen konnte zu graben, dass er wenigstens ein kleines Stück weit den ursprünglichen Eingang der Höhle freilegen konnte. Doch er fand keinen Ansatzpunkt, wo er allein etwas hätte ausrichten können, und der Alte war nicht mehr kräftig genug, um ihm eine nennenswerte Hilfe sein zu können. Außerdem musste Kvanagh sich sagen, dass er nicht nur nicht selbst gefährdete, wenn er planlos an irgendwelchen Steinen zerrte, sondern vor allem Quenmerva und Asmerle. Nein, auch wenn es schwer fiel, im Moment war es für seine Schwestern am besten, wenn er darauf vertraute, dass Jore und Meira zu ihnen vordringen und sie durch den halb verschütteten zweiten Ausgang ins Freie retten würden.

XIV

Kvanagh wusste nicht, wie viel Zeit vergangen war, bis endlich ein Ruf aus der Höhle drang. Es kam ihm wie eine Ewigkeit vor, und er konnte nicht heraushören, ob es gute oder schlechte Nachrichten waren. Die Stimme, von der er nur vermuten konnte, dass es Meiras war, brach sich vielfach an den Wänden der Höhle, und er stand nicht direkt an der Öffnung im Fels, so dass die Worte nur noch in Splittern bei ihm ankamen.

Mit einem Satz war er an der Öffnung. „Quenmerva?", rief er. „Asmerle?" „Sie sind bei uns!", kam einige Augenblicke später die Antwort. Da war nun eindeutig Meira, und im Hintergrund nahm er noch einen dünneren Ruf war, der aber kaum zu hören, geschweige denn zu verstehen war. Aber Kvanagh reichte das, denn das konnten nur Quenmerva und Asmerle sein. Sie lebten also und waren bei Bewusstsein. Ein Stein fiel ihm vom Herzen, mindestens so groß und schwer wie der größte und schwerste der Brocken, die jetzt den eigentlichen Eingang der Höhle versperrten.

Etwas später überzog der Widerschein der Talglampe die Wände, und gleich darauf schälte sich Meiras Gestalt aus der Dunkelheit. Sie sah, dass Kvanagh sich in den Eingang beugte, und blieb stehen. „Wir haben sie gefunden", berichtete sie. „Es geht ihnen gut." „Sind sie verletzt?", wollte Kvanagh wissen. Meira schüttelte den Kopf. „Nein", versicherte sie. „Sie sagen, sie haben sich etwas wehgetan, als sie hingefallen sind, aber sie waren tief genug in der Höhle, dass der Erdrutsch sie nicht treffen konnte."

Kvanagh warf einen dankbaren Seitenblick zu Berell. Dessen Reaktionsschnelligkeit hatte Quenmerva und Asmerle das Leben gerettet, ohne den Schubser, der sie weiter in die Höhle befördert hatte, wären sie verschüttet worden. „Ihnen ist nichts passiert", gab er die frohe Kunde an den Jungen und seinen Freund weiter. Die beiden waren mit Seilen und weiterem Werkzeug eingetroffen und hatten seitdem mit Kvanagh um die Mädchen gebangt.

„Soll ich euch helfen?", fragte Kvanagh Meira dann. Die schüttelte den Kopf. „Besser nicht", sagte sie entschieden. „Es ist alles sehr eng hier, du könntest nichts tun. Sie müssen durch den Engpass kriechen, ich leuchte ihnen, und Jore ist hinter ihnen und stützt sie beim Klettern."

Kvanagh nickte. Er spürte, dass Jore und Meira wussten, was sie taten, er hätte nichts besser machen können, und sie waren aufgrund ihrer geringeren Größe in dem engen Gang eindeutig im Vorteil. Jetzt, wo er wusste, dass es Quenmerva und Asmerle gut ging, würde er die wenigen Augenblicke, die er noch warten musste, bis er sie in die Arme schließen konnte, auch noch aushalten.

Meira kehrte um und verschwand wieder aus seinem Blickfeld. Der Gang war nicht gerade, deshalb konnte er ihn nur ein kurzes Stück weit überblicken, und selbst das Licht von Meiras Lampe war bald nicht mehr zu sehen.

Immerhin hörte er noch Meiras Stimme. Verstehen konnte er zwar nichts, weil sie nicht laut genug sprach und ihre Worte ja auch gar nicht an ihn gerichtet waren, aber den Tonfall konnte er heraushören. Es war eine Mischung aus Beruhigung und Ansporn, Meira vermittelte Quenmerva und Asmerle Sicherheit, redete die Angst weg und machte ihnen Mut für den Durchstieg, von dem Kvanagh nicht wusste, wie eng und schwierig zu erreichen er tatsächlich war.

Es dauerte noch einmal eine Weile, bis Meiras Stimme endlich wieder näher zu kommen schien. „Jetzt sind wir gleich da", hörte er Meira sagen, und einen Augenblick später breitete sich auf der unebenen Wand des Ganges ein gelbliches Flackern aus, das signalisierte, dass Meira mit ihrer Lampe schon unmittelbar vor dem letzten Knick sein musste.

Mit wild pochendem Herzen beobachtete Kvanagh, wie das Licht sich näherte, und lauschte den näher kommenden Stimmen. Noch immer war es hauptsächlich Meira, die redete, Quenmerva und Asmerle saß sicherlich noch der Schrecken in den Knochen und machte sie wortkarg. Vielleicht wussten die beiden Mädchen auch nicht, was sie sagen sollten, sie kannten ja die Kinder nicht, die aus einer völlig unerwarteten Richtung zu ihnen in die Höhle gekommen waren, um sie zu retten.

Meira trat aus der Höhle und machte rasch Platz, damit Kvanagh seine Schwestern mit offenen Armen empfangen konnte. Kvanagh sah gar nicht richtig hin, er breitete einfach die Arme aus und drückte seine Schwestern an sich.

Quenmerva und Asmerle vergruben das Gesicht an seiner Brust. Der überstandene Schreck und die Erleichterung, gerettet zu sein, machten sich in einer Flut von Tränen Luft, und Kvanagh hielt die Mädchen einfach fest und streichelte ihnen über Haar und Schultern.

Erst als sie sich langsam beruhigten, dachte er wieder daran, sich zu vergewissern, dass sie wirklich unverletzt waren. Er schob sie sanft von sich weg, gerade so, dass die Hand immer noch auf ihren Schultern ruhte, und betrachtete sie von oben bis unten. Beide waren nackt, sie waren klug genug gewesen, um zu begreifen, dass sie mit den völlig durchnässten Kleidern am Leib nur umso schneller auskühlen würden. Meira hatte eine der Decken um sie gelegt, damit sie nicht länger frieren mussten. Beide waren mit Staub und Schmutz überzogen, Quenmervas blonde Haare wirkten graubraun, auch Asmerles Haare waren von Dreck durchzogen, was bei ihr aber nicht so auffiel, weil sie ohnehin dunkle Haare hatte. Verletzt schienen sie zum Glück nicht zu sein, Kvanagh fragte die Mädchen, ob ihnen irgendwas weh tat, und war froh, als beide versicherten, dass sie keine Schmerzen hatten. Als Berell sie geschubst hatte, um zu verhindern, dass sie von den abrutschenden Erd- und Geröllmassen getroffen wurden, waren sie hart auf den lehmigen, mit Steinen durchsetzten Boden der Höhle gefallen, Quenmerva noch mehr als ihre Schwester, weil Asmerle teils auf ihr gelandet war, aber das hatte ihnen nicht mehr als leichte Abschürfungen an Knien und Händen eingetragen, die schon verkrustet waren. Nach einem heißen Bad und etwas Ruhe würden beide völlig wiederhergestellt sein.

XV

Für den Rückweg ins Dorf nahm Kvanagh Quenmerva auf den Rücken, und Jore erbot sich, Asmerle zu tragen. Die beiden Mädchen waren zwar nicht verletzt, und sie wirkten auch nicht über alle Maßen erschöpft, aber trotzdem waren sie sichtlich dankbar, sich einfach anlehnen zu dürfen. Meira ging hinter ihnen, trug die nassen Kleider und achtete darauf, dass keiner von beiden die wärmende Decke von den Schultern rutschte.

Berell und seinen Freund schickte Kvanagh vor, damit sie den bangenden Dorfbewohnern die unversehrte Rettung beider Schwestern meldeten und schon mal Wasser auf den Herd setzten. Dramatisch unterkühlt schienen Quenmerva und Asmerle nicht, und Quenmerva hatte inzwischen erzählt, dass sie sich warmgehalten hatten, indem sie mit den Händen Leib und Gliedmaße gerieben hatten, aber Kvanagh wollte sicher gehen, und waschen mussten seine Schwestern sich ohnehin, nachdem sie durch den Dreck der Höhle gekrochen waren.

Auch Jore und Meira waren von oben bis unten mit Lehm verklebt. Ihnen reichte es jedoch, sich im Fluss zu waschen und auch ihre Kleidung auszuspülen, ehe sie frische Kleidung anzogen und nach Kvanagh suchten, um ihr von der Nachricht des Bergrutsches abrupt unterbrochenes Hilfsangebot zu wiederholen.

Kvanagh erwartete sie zu Hause und bat sie, sich zu ihm an den Tisch zu setzen. Auch Quenmerva und Asmerle waren da, frisch gewaschen und eingekleidet, und Ebril hatte sich ebenfalls eingefunden. Kvanagh hatte ihm schon berichtet, und der Dorfobere war voller Dankbarkeit.

Seine Bedenken, Jore und Meira vorübergehend im Dorf aufzunehmen, damit sie halfen, alles wieder aufzubauen und so viel von der Ernte zu retten wie nur irgend möglich, hatte Kvanagh inzwischen fast völlig abgelegt. Das lag nicht nur daran, dass die Rettung seiner jüngeren Schwestern, die neben dem Alten, der ihnen den zweiten Zugang zu der verschütteten Höhle gezeigt hatte, maßgeblich den beiden fremden Kindern zu verdanken war, so dass er in einer schlechten Position gewesen wäre, sich undankbar zu zeigen und sie gleich wieder wegzuschicken. Vielmehr hatten Jore und Meira in einer schwierigen Situation bewiesen, dass sie wirklich eine Hilfe sein konnten. Sie hatten ruhig und entschlossen gehandelt und sich dabei als umsichtig und zupackend erwiesen. So konnten sie dem Dorf wirklich helfen, auch bei schwierigen Arbeiten; Kvanagh und Ebril wären töricht gewesen, wenn sie dieses Angebot in der derzeitigen Situation des Dorfes ausgeschlagen hätten.

Trotzdem wollte Kvanagh zumindest noch in Erfahrung bringen, wie Jore und Meira von den Schwierigkeiten erfahren hatten, die das Dorf hatte, wenn sie so weit entfernt zu Hause waren, dass sie weder von den plötzlichen Wetterstürzen betroffen waren, die alle Dörfer in der Umgebung immer wieder heimsuchten, noch zu den Stationen gehörten, die auf dem Reiseweg der nach Süden ausgeschickten Boten lagen. Außerdem wollte er wissen, warum die Wahl in ihrem Dorf auf sie gefallen war; auch wenn sie gezeigt hatten, dass sie tatsächlich eine Hilfe sein konnten, war es doch ungewöhnlich, Kinder auf eine solche Reise zu schicken, und keine erwachsenen Männer.

Jore berichtete in wenigen Sätzen, dass er und Meira in ihrem Dorf einen sehr guten Stand hatten, seit sie im letzten Winter den damaligen Dorfoberen, Jores eigenen Vater, dabei ertappt hatten, dass er Vorräte hortete, die er sich unrechtmäßig angeeignet hatte, während andere starben, weil es nach einer langen Periode der Kälte nirgends mehr etwas zu essen gegeben hatte. Dass der Winter in diesem Jahr erst nach langem und zähem Ringen dem Frühling Platz gemacht hatte, das hatte auch Kvanagh noch deutlich vor Augen, auch wenn es sein Dorf nicht ganz so hart getroffen hatte. Die Vorräte hatten gereicht, kein Dorfbewohner war unterernährt gewesen. Allerdings hätten Umtriebe wie die von Jore beschriebenen wohl auch sein Dorf in Not gebracht, so üppig, dass derartige einem Akt der zügellosen Selbstbereicherung geschuldeten Ausfälle ohne Mühe zu verkraften gewesen wären, waren die Vorräte des Dorfes auch wieder nicht gewesen.

Dass sie von den Nöten der weiter nördlich gelegenen Dörfer erfahren hatten, erklärte Jore mit einem Bewohner des Dorfes, der selbst unterwegs gewesen war und die Nachrichten während seiner Reise aufgeschnappt hatte. Das war plausibel, denn selbst die entlegensten Dörfer hielten wenigstens sporadisch Kontakt zu den Nachbarn und ließen sich dabei alles berichten, was bei den Nachbarn passiert war oder was die wiederum von anderen Nachbarn gehört hatten. Dass die Kunde von den Kämpfen beim Pass von Gárbeth, der Zerstörung des Staudamms und den immer wieder hereinbrechenden Unwettern, die den Wiederaufbau behinderten und weitere Schäden anrichteten, den ausgesandten Boten vorausgeeilt war, war also bei Licht betrachtet sogar ziemlich wahrscheinlich, und es war auch folgerichtig, dass Jore und Meira ihre Hilfe dort anboten, wo sie am dringendsten benötigt wurde. Die plötzlichen Unwetter schienen zwar, soweit sich das nach den Berichten der aus dem Norden zurückgekehrten Boten abschätzen ließ, alle Dörfer der Umgebung gleichmäßig zu betreffen, aber keines der anderen Dörfer war vor dem ersten Unwetter schon so stark zerstört gewesen wie Kvanaghs durch den mutwillig besorgten Bruch des Staudamms.

XVI

Nachdem Kvanagh und Ebril besprochen hatten, Jore und Meira für die Dauer ihres Aufenthaltes im Dorf in ihr eigenes Haus aufzunehmen, nahm Kvanagh die beiden freiwilligen Helfer mit, um mit ihrer Hilfe seine Arbeit im Wald wieder aufzunehmen. Noch mehr Rast konnte er sich nicht erlauben, das Holz wurde gebraucht, und Jore und Meira dabei zu haben, erwies sich als große Erleichterung. Sie waren kräftiger als die gleichaltrigen Kinder aus dem Dorf, man merkte ihnen an, dass sie nicht nur harte Feldarbeit, sondern noch dazu die sicherlich noch anstrengendere Arbeit in der Mine kennengelernt hatten; sie waren stark genug, um die gefällten Bäume zu entasten und ins Dorf zu ziehen, so dass Kvanagh sich voll und ganz auf die Fällarbeit konzentrieren konnte.

Auch am nächsten Tag schlug er Holz, und die beiden Kinder nahmen ihm den Weitertransport ab. Sie arbeiteten konzentriert, schnell und sauber, so dass Kvanagh keinen Grund hatte, sich über irgendetwas zu beklagen.

Immer mehr fiel ihm dabei auch die Vertrautheit der beiden untereinander auf. Es war nicht nur, dass sie aufeinander eingespielt waren, dass sie oft nicht einmal Worte brauchten, um sich zu verständigen. Es war auch die sichtliche Aufmerksamkeit beider dem jeweils anderen gegenüber, das Lächeln, das sie einander gelegentlich schenkten, Blicke und Berührungen, die ein Gefühl unbedingter Zusammengehörigkeit und inniger Zuneigung widerspiegelten. Kvanagh hatte sie nicht gefragt, in welchem Verhältnis sie zueinander standen, aber nach allem, was er sah, war er überzeugt, dass sie einander liebten. Er wollte es sich nicht eingestehen, aber ein bisschen bewunderte und beneidete er sie; sie hatten Schneid und ließen sich augenscheinlich von nichts entmutigen.

**

Es wäre zu schön gewesen, wenn wenigstens einen Tag lang die Arbeit am Wiederaufbau des Dorfs nicht von Unwettern unterbrochen worden wäre, doch auch an diesem Tag zogen Wolken herauf und versprachen heftigen Wind und starke Niederschläge. Kvanagh hatte bereits drei Bäume gefällt und konnte bis dahin mit seinem Tagwerk zufrieden sein, aber er befürchtete, dass er das Pensum, das er sich vorgenommen hatte, trotzdem nicht mehr schaffen würde bis zum Abend, selbst wenn das erwartete Unwetter sich schneller wieder auflöste als er nach den Erfahrungen der letzten Tage zu hoffen wagte. Wenn die Rinde nass war, wenn er auf nassem, rutschigem Boden weniger sicher stand als auf trockenem und festem, wenn jeder Schlag gegen den Stamm ihm das kalte Wasser von den Zweigen ins Gesicht und in den Nacken spritzen ließ und wenn er immer wieder den Griff der Axt trockenwischen musste, dann würde er das Arbeitstempo des Vormittags einfach nicht halten können. Auch Jore und Meira würden es schwerer haben mit dem Boden, auf dem die Füße keinen rechten Halt mehr fanden, Astansätze sich aber umso leichter festgruben.

Aber er konnte das Wetter nun mal nicht beeinflussen, und deshalb blieb ihm nichts anderes übrig, als zusammen mit Jore und Meira Schutz zu suchen. Eine Höhle wie die, in die Quenmerva und Asmerle sich am Tag zuvor geflüchtet hatten, gab es nicht in der Umgebung der Stelle, an der Kvanagh die Bäume schlug,

Kvanagh, Jore und Meira blieb nichts anderes übrig, als sich zwei dicht beieinander stehende Bäume zu suchen, deren sich kreuzende Äste ein dichtes Dach bildeten, und sich dort zusammenzukauern.

***

„Was hast du?", fragte Meira unvermittelt, und Kvanagh spürte, dass sie ihn aufmerksam von der Seite ansah. Sie hockten nebeneinander unter den Bäumen und machten sich klein, um so wenig wie möglich von dem Regen abzubekommen, der trotz der Äste seinen Weg nach unten fand. Erst jetzt wurde Kvanagh bewusst, dass er schon die ganze Zeit auf seine Hand starrte und eine Ameise beobachtete, die mit einem nur ihr bekannten Ziel seinen Daumen umkrabbelte. „Ach, nichts." Er schüttelte die Ameise ab und sah ihr nach, als sie rücklings auf dem Waldboden landete, sich eilig wieder auf die Füße strampelte und davonwuselte.

Meira sagte nichts, aber Kvanagh merkte, dass sie ihn immer noch beobachtete. Sie musste eine verflixt gute Menschenkennerin sein. Oder war es so offensichtlich? „Ich hab bloß an einen gute Freund gedacht", erklärte er. Besser, er sagte es ihr, als dass sie vielleicht anfing, im Dorf herumzufragen. In wenigen Sätzen erzählte er ihr, wie Sbreloh ums Leben gekommen war. „Das tut mir leid", sagte Meira, und das klang ehrlich, nicht bloß der Höflichkeit halber dahergesagt.

„Was macht eigentlich Jore da?", fragte Kvanagh, um das Thema zu wechseln. Jore war aufgestanden und hatte sich ein paar Schritte von Kvanagh und Meira entfernt. An einer Stelle, an der die Bäume den Blick nach oben zuließen, beobachtete er aufmerksam den Himmel. „Es wird noch eine Weile dauern, bis es aufhört zu regnen, das steht fest", fuhr Kvanagh fort, weil er annahm, dass Jore das Wetter beobachtete. „Es hat immer gedauert, war nie schnell vorbei."

Meira zuckte mit den Schultern. „Vielleicht ist ihm etwas aufgefallen", vermutete sie. „Jore hat sehr, sehr gute Augen, er sieht schärfer als jeder andere Mensch, den ich kenne."

Kvanagh ließ es dabei bewenden. Er hielt es für nicht sehr klug, die Wolken anzustarren und sich dabei nassregnen zu lassen, aber wenn Jore meinte, dass es einen Sinn hatte... So ganz schlau wurde er immer noch nicht aus den beiden Kindern, aber sie hatten offensichtlich die ehrliche Absicht, zu helfen, und waren alles in allem auch keine unangenehme Gesellschaft.

Irgendwann drehte Jore sich zu ihnen um und rief Meira zu sich. Sie zögerte keinen Augenblick, stemmte sich hoch und ging zu ihm in den Regen. Jore sagte etwas zu ihr, was Kvanagh nicht verstehen konnte, weil Jore zu leise sprach und das Rauschen des Regens alles übertönte, und zeigte nach oben. Meira folgte offensichtlich mit dem Blick der Richtung, die Jore anzeigte, sie schien die Augen zusammenzukneifen, und etwas später schüttelte sie den Kopf. Kvanagh konnte nur vermuten, dass Jore ihr etwas zeigen wollte, sie es aber nicht erkennen konnte oder seine Meinung wozu auch immer nicht teilte, aber um was es ging, erschloss sich ihm nicht.

Aufmerksam betrachtete er die beiden Kinder, als sie zu ihm zurückkehrten. Vor allem Jore war ziemlich durchnässt, aber das schien ihm nicht viel auszumachen. „Das ist keine normale Wolke", erklärte er fest. „Da ist irgendwas im Spiel, eine Art Geister oder sowas." „Unmöglich!", entfuhr es Kvanagh. „Wie sollte das denn gehen?" „Das weiß ich nicht", gab Jore zu. „Aber ich bin mir sicher, wenn wir es rauskriegen, dann können wir dafür sorgen, dass die ständigen Unwetter aufhören."

Kvanagh war verwirrt. Einerseits war ihm selbst schon der Gedanke gekommen, dass irgendeine seinem Dorf übel gesonnene Macht die Hand im Spiel haben müsste, dass die Aufräumarbeiten immer wieder zurückgeworfen und andere Dörfer in der Umgebung so gebeutelt wurden, dass sie keine Hilfe schicken konnten. Andererseits fehlte ihm jede Vorstellung, wie so etwas vonstatten gehen sollte, und wie konnte Jore so sicher sein, wo doch bislang niemandem etwas aufgefallen war, das die Unwetter als widernatürlich entlarvt hätte?

„Hast du es auch gesehen?", rettete er sich in die nahe liegende Frage an Meira. Die schüttelte den Kopf. „Nein", gab sie zu. „Aber Jore kann weiter und schärfer sehen als jeder andere, den ich kenne."

Das hatte sie ja eben schon erwähnt, aber Kvanagh musste wohl sehr ungläubig dreingesehen haben, denn Meira fühlte sich bemüßigt, Jores Fähigkeiten zu demonstrieren. „Geh doch zu dem Baum dahinten!", bat sie Kvanagh und deutete auf einen Baum, der an die zweihundert Schritte entfernt war. „Dort reißt du ein paar Grashalme aus, aber mit dem Rücken zu uns, so dass wir nicht sehen können, wie viele du nimmst. Die hältst du dann hoch, und Jore wird sie von hier aus zählen."

Kvanagh schien das lächerlich, aber Meiras Bestimmtheit reizte ihn. Er war sich sicher, dass das Experiment scheitern würde, nicht einmal ein Adler konnte auf diese Entfernung einen einzelnen Grashalm ausmachen. Den Kopf gesenkt wegen des Regens, ging er zwischen den Bäumen hindurch, bis er die von Meira bezeichnete Stelle erreichte. Er selbst konnte auf die

Entfernung und bei dem Regen Jore und Meira nur noch als verschwommene Gestalten erkennen, unmöglich, dass Jore umgekehrt Grashalme in seiner Hand zählen konnte!

Er bückte sich und riss an einem Büschel Grashalme. Etwa ein halbes Dutzend Halme blieb in seiner Hand hängen, und er achtete darauf, Jore und Meira mit keiner Bewegung Gelegenheit zu geben, mitzuzählen, als er die Halme durchzählte.

Dann drehte er sich um und hielt die Hand mit den Halmen hoch. Er hatte die Halme etwas gefächert, so dass Jore sie gut würde zählen können, falls er wirklich mehr sah als die Hand als hellen Fleck vor der dunkleren Kleidung.

Ein paar Momente später sah er Meira winken, das bedeutete wohl, dass er zurückkommen sollte. Überzeugt, dass Jore allenfalls raten konnte, knüllte er die Halme in der Hand zusammen, so dass keine einzige Spitze mehr zu sehen war, und kehrte zu den beiden Kindern zurück.

„Du hast genau sieben Halme in der Hand", empfing Jore ihn. „An zweien davon ist noch die Wurzel dran, die anderen hast du abgerissen."

Perplex öffnete Kvanagh die Hand und hielt sie Jore und Meira hin. Schon Jores Selbstsicherheit hatte dagegen gesprochen, dass er auf gut Glück riet, und darauf, wie viele der Halme er mit Wurzel rausgerissen hatte, hatte Kvanagh selbst nicht geachtet, hätte es Jore also auch nicht verraten können, selbst wenn der Junge Gedanken hätte lesen können. Nein, Jore musste es tatsächlich gesehen haben. Wahnsinn, unmöglich, unvorstellbar bei der Entfernung und bei dem Regen, der die Sicht behinderte, aber es gab keinen Zweifel, Jore musste die Halme gesehen und gezählt haben.

Dann war es auch nicht mehr undenkbar, dass Jore in der Wolke etwas entdeckt hatte, das allen anderen entgangen war, etwas, das ihm verriet, dass es sich nicht um eine gewöhnliche Wolke handelte. „Was genau hast du gesehen?", fragte Kvanagh den Jungen. „Gesichter", antwortete Jore so kurz wie überzeugt. „Fast alles Männer, aber es waren auch Frauen und Kinder dabei."

„Und was schließt du daraus?" Kvanagh versuchte es geschäftsmäßig klingen zu lassen, er wollte vor Jore und Meira nicht zeigen, wie verwirrt er war. Er konnte immer noch nicht fassen, dass Jore überhaupt derart scharfe Augen hatte, und was auch immer er unbewusst erwartet hatte, was Jore in der Wolke gesehen haben könnte, Gesichter waren es auf jeden Fall nicht gewesen.

„Ich bin mir nicht sicher", antwortete Jore vorsichtig. „So etwas habe ich noch nie gesehen." „Da bist du nicht der einzige", gab Kvanagh zurück. „Bist du ganz sicher, dass es nicht nur irgendwelche Schatten waren, die an Gesichter erinnern? Wolken können schließlich die unterschiedlichsten Formen annehmen." „Ich bin mir sicher", versicherte Jore. „Die ganze Wolke bestand aus Gesichtern." Kvanagh merkte, dass Jore einen kurzen Blick nach oben warf, wie um sich durch eine Lücke zwischen den Ästen hindurch zu vergewissern, dass die Gesichter immer noch da waren. „Wenn ich durch die Lücke gucke", Jore deutete auf die Winzigkeit Grau, die zwischen den Ästen zu sehen war, „dann sehe ich jemanden, der genau zu uns runterschaut. Er muss ungefähr so alt sein wie du."

Unwillkürlich musste Kvanagh an den Freund denken, den er verloren hatte. Es war fast so, als wollte Sbreloh zu ihm sprechen, ihm Mut machen, das Dorf aus dem Chaos zu führen. „Ich verspreche es!", rief

Kvanagh ihm in Gedanken zu. „Ich werde nicht locker lassen, egal, was passiert!"

„Er hat gelächelt", stellte Jore im gleichen Moment nachdenklich fest. „Der, der zu uns runtergeschaut hat. Jetzt kann ich ihn nicht mehr sehen, die Wolke hat sich bewegt, aber ich bin mir sicher."

Kvanagh bekam es nur zur Hälfte mit, in Gedanken war er immer noch bei Sbreloh. „Wie?", fragte er verdutzt. Dann riss er sich zusammen. „Ja, natürlich", sagte er rasch. „Merkwürdig!"

Meira betrachtete ihn aufmerksam, so wie sie es eben schon getan hatte. „Denkst du wieder an deinen Freund?", fragte sie mitfühlend. Kvanagh nickte. Was sollte er es ableugnen? Dass er Sbreloh vermisste, musste ohnehin jedem im Dorf klar sein, und Meira hatte ein untrügliches Gespür für die Stimmungen anderer Menschen, das hatte er inzwischen begriffen. Ihr etwas vorzumachen, musste so gut wie unmöglich sein, und er war nicht in der Stimmung, es zu versuchen. „Jeder, der gestorben ist, ist einer zu viel", sagte er. „Aber Sbreloh fehlt mir besonders."

Er zuckte mit den Schultern, weiter wollte er sich nicht darüber auslassen. Wenn die Wolke, die nach wie vor über ihnen schwebte und kalten Regen zu ihnen herunterfluten ließ, wirklich von irgendetwas gesteuert wurde, das kein natürlicher Vorgang war, dann hatten sie Wichtigeres zu tun.

Meira tat ihm den Gefallen, nicht weiter nachzubohren. „Ich weiß, das klingt unglaublich, aber könnten die Gesichter Seelen von denen sein, die gestorben sind, als der Staudamm zerstört wurde?", fragte sie stattdessen.

Kvanagh ließ sich das durch den Kopf gehen. Sein erster Reflex war gewesen, diese Idee als Unsinn abzutun, aber angesichts der Geschehnisse der letzten Wochen hatte er das Gefühl, dass er allmählich gar nicht mehr wusste, was er noch glauben konnte, und was nicht.

„Beschreib die Gesichter!", forderte er Jore auf. „Vor allem das, das zu uns runtergeschaut hat. Das hast du doch am besten gesehen, oder?" „Ich konnte einige gut erkennen", korrigierte Jore. „Andere waren zum Teil verdeckt, die könnte ich nicht so gut beschreiben." Er beschrieb das Gesicht, von dem er sicher war, dass der Blick nach unten, zu ihm, Meira und Kvanagh, gerichtet gewesen war, so detailliert wie möglich. Kvanagh staunte schon gar nicht mehr über den Detailreichtum, und nur kurz dachte er, dass Jore nicht nur übermenschlich scharfe Augen, sondern auch ein sehr, sehr gutes Gedächtnis haben musste. Jore beschrieb wirklich alles, die äußere Form des Gesichts, Länge und Dichtheit der Haare, wie viel von den Ohren zu sehen gewesen war, die Form der Augen, den Schwung der Brauen, ja, er wusste sogar zu sagen, dass die Person eine winzige Narbe neben dem rechten Auge hatte. Kvanagh hätte ihm verraten können, woher diese Narbe stammte, denn das Gesicht, das der Junge beschrieb, gehörte – Sbreloh!

XVII

Kvanagh konnte nicht verbergen, wie aufgewühlt er war. Eben noch hatte er an seinen besten Freund gedacht, und nun sagte ihm ein Junge, der mehr sah als alle anderen, dass Sbreloh in einer Wolke über den Himmel raste, einer Wolke, die das Dorf in immer noch größere Not brachte als die Flutwelle, der Sbreloh selbst zum Opfer gefallen war. Wie konnte das sein? Und vor allem – was ließ ihn so bösartig gegen das Dorf werden, in dem er sein ganzes Leben verbracht hatte, in dem seine Familie und seine Freunde darum kämpften, ihr Leben wieder in geordnete Bahnen zu lenken? Machte er die Dorfbewohner für seinen Tod verantwortlich, weil sie den Staudamm nicht stabil genug gebaut oder nicht gut genug bewacht hatten?

Und wenn Sbreloh wütend war, warum beschwor er ihn dann auf der anderen Seite, durchzuhalten und weiter zu kämpfen? Oder war das nur sein eigener Wunsch, den er in Gedanken Sbreloh in den Mund gelegt hatte? Auf jeden Fall hätte es besser zu jenem Sbreloh gepasst, der siebzehn Jahre lang sein bester Freund gewesen war. War es möglich, das Jore sich irrte?

Die Narbe sprach dagegen, Kvanagh erinnerte sich, dass Sbreloh erst vier gewesen war, als im Wald ein zurückschnellender Ast ihm eine kleine Wunde direkt am Auge gerissen hatte, die sie entzündet und deshalb am Ende die Narbe zurückgelassen hatte. Sicher war, dass Jore ihm keine Scharade mit einem Gesicht vorspielte, das er im Dorf gesehen hatte; Sbreloh war bereits bestattet gewesen, als Jore und Meira im Dorf aufgetaucht waren, das galt auch, wenn sie sich zunächst unbemerkt umgesehen hatten, ehe sie sich gezeigt hatten, und jemand anderen, auf den die Beschreibung zugetroffen hätte, gab es unter den Dorfbewohnern nicht.

Er musste Gewissheit haben, und ihm fiel nur eine Möglichkeit ein, sie zu bekommen. „Kommt mit!", forderte er Jore und Meira auf. „Was hast du vor?", fragte Jore, schon unterwegs. „Ich muss wissen, ob es wirklich Sbreloh ist, den du gesehen hast", erklärte Kvanagh, während er mit schnellen Schritten durch den Wald auf das Dorf zueilte. „Eigentlich kann es nicht anders sein, besonders mit der Narbe, aber trotzdem..."

Er spürte, dass Jore und Meira hinter ihm einen Blick wechselten. Er konnte ihre Gedankengänge nachvollziehen – bestimmt dachten sie, er wollte Sbreloh aus der Erde holen, damit Jore sich sein Gesicht ansehen konnte. Doch daran dachte er nicht, auch wenn er annahm, dass der Körper noch nicht so weit zerfallen war, dass man das Gesicht nicht mehr hätte erkennen können.

Stattdessen steuerte er im Dorf das Haus des Schneiders an. Dessen Balkengerüst war inzwischen repariert worden, und die Kinder des Schneiders halfen mit, die Ausfachung zu erneuern. Nur der älteste Sohn, Kertin, fehlte, er war fünfzehn und half seit Tagen durchgehend in der Schmiede. Die anderen, Svetja und die Zwillinge Bormir und Bramir, waren da und hantierten mit Ziegeln und Lehmbewurf.

Kvanagh trat zu Svetja und bat sie, mit ihm zu kommen. Dafür musste er niemandes Erlaubnis einholen, er teilte ja selbst die Arbeiten mit ein, und Jores Beobachtung schien ihm wichtig genug, um ihr sofort nachzugehen. Er wusste noch nicht genau, wie, aber wenn Meira mit ihrer Vermutung Recht hatte, und die Wolke war tatsächlich ein Sammelbecken der Geister derer, die bei der Flut oder danach während der Rettungs- und Aufräumarbeiten umgekommen waren, dann hatten sie vielleicht einen Faden in der Hand, um den Knoten zu lösen, den Schlüssel, um das Dorf wieder aufbauen und so viel wie möglich von der Ernte retten zu können, ohne immer wieder von den Unwettern aufgehalten oder gar zurückgeworfen zu werden.

Dass Svetja zu den Letzten gehörte, die Sbreloh lebend gesehen hatten, war nicht der Grund, dass Kvanagh sie von der Arbeit wegholte. Sie war zu diesem Zeitpunkt ohnehin halb bewusstlos gewesen und würde zu Sbrelohs Tod keine Auskunft geben können. Außerdem hatte Kvanagh ja selbst beobachtet, wie sein bester Freund abgestürzt war, und hatte nichts tun können, um ihn zu retten.

Wichtig war Svetjas Zeichentalent. Kein anderer im Dorf konnte so gut Zeichnen wie die Vierzehnjährige, wenn jemand in der Lage war, ein absolut getreues Bildnis von Sbreloh zu schaffen, dann sie.

Mit langen Erklärungen hielt Kvanagh sich nicht auf, er sagte nur, dass er sie für eine andere Aufgabe brauchte, und nahm sie mit zu sich nach Hause. Dort bat er sie, sich an den Tisch in der Stube zu setzen, und erklärte ihr, was sie tun sollte. Er wusste, dass sie auf verschiedene Art zeichnen konnte, und fragte sie, was sie brauchte, Tinte oder Kohle. Svetja entschied sich für Kohle, bei Gesichtern käme es viel auf die Schattierungen an, erklärte sie, das ginge mit Kohle besser. Also lief Meira zur Schmiede und ließ sich dort ein paar Stücke Holzkohle geben. Der Schmied war nicht begeistert, seine Vorräte waren ohnehin schon knapp, weil die Flut auch den neuen Meiler gelöscht und teilweise weggerissen hatte, aber wenn Meira auf Kvanaghs Anordnung hin kam, konnte er sich schlecht widersetzen, und sie brauchte ja auch nur ein paar wenige Stücke, von denen der Schmied den Rest sogar zurückbekommen würde.

Erwartungsvoll beobachtet von Kvanagh, Jore und Meira, wählte Svetja ein Stück Kohle mit vielen Ecken, mit denen sie zunächst die Umrisse zeichnete. Ihre Handbewegungen waren zielgerichtet und sicher, man merkte, dass sie viel Erfahrung damit hatte. Sie wechselte das Kohlestück, fügte dem Bild weichere Konturen hinzu und schließlich die Schatten. Sie war völlig versunken in ihr Tun und dabei unheimlich schnell. Immer mehr schälten sich Sbrelohs Gesichtszüge heraus, bis Svetja ein perfektes Abbild des jungen Mannes geschaffen hatte.

„So?", fragte sie schließlich. Kvanagh betrachtete das fertige Werk kurz und nickte dann. „Perfekt", stellte er fest. „Danke, Svetja." Dann wandte er sich Jore zu. „Ist er das?", wollte er wissen. Jore nickte. „Ja, das ist er, ohne Zweifel. Es ist genau das Gesicht..." Er unterbrach sich, wusste offenbar nicht genau, wie weit Kvanagh Svetja einzuweihen gedachte. Bis jetzt hatte Kvanagh ihr gegenüber kein Wort darüber verloren, wozu er ein Bild von Sbreloh brauchte.

Doch Svetja war nicht auf den Kopf gefallen und machte sich ihre eigenen Gedanken. „Hast du Sbreloh gesehen?", fragte sie Jore direkt. „Er war doch schon tot, als ihr gekommen seid!" Wahrscheinlich dachte sie, dass Jore und Meira dann schon früher im Dorf gewesen sein mussten, als sie vorgaben, und ihr Misstrauen war geweckt, aber Kvanagh bemühte sich, sie zu beruhigen. „Jore hat im Wald etwas gesehen, das uns vielleicht helfen könnte, die Gewitter zu stoppen, die uns die ganze Zeit behindern", erklärte er. „Ich kann dir jetzt nicht alles erklären, dafür weiß ich selbst noch zu wenig, aber es ist nicht so, dass Sbreloh seinen Tod nur vorgetäuscht hat und jetzt gegen uns kämpft."

Er wusste nicht, ob das zu Svetjas Beruhigung beitragen würde, denn so musste sie zwar nicht das Bild korrigieren, dass sie sich über die Jahre von Sbrelohs Charakter gemacht hatte, er blieb der verlässliche und hilfsbereite junge Mann, als den sie ihn gekannt hatte, aber sicherlich hatte sie auf der anderen Seite Schuldgefühle, weil er sein Leben verloren hatte, als er ihres gerettet hatte.

Er bat sie, über das Gehörte zu schweigen. An Jores Beobachtungen zweifelte er zwar nicht mehr im geringsten, aber die Schlussfolgerung, die Meira als Erste daraus gezogen hatte, war alles andere als spruchreif. Er wollte weder das Dorf mit der Nachricht beunruhigen, dass hier offenbar Geister umgingen, noch wollte er Hoffnungen wecken, die sich dann vielleicht doch nicht erfüllten.

XVIII

Der einzige, den Kvanagh neben Jore, Meira und unvermeidlicherweise ein kleines Stück Svetja ins Vertrauen zog, war sein Vater. Ebril reagierte überrascht und verwirrt, als Kvanagh ihn am Abend über die Ereignisse des Tages in Kenntnis setzte, hielt sich aber nicht lange mit Zweifeln auf. Was Kvanagh berichtete, klang unglaublich, zugleich aber in sich schlüssig, und welchen Grund hätte Kvanagh haben sollen, sich eine solche Geschichte auszudenken? Vielleicht hätte er Jore nicht geglaubt, aber er sah ja, dass Kvanagh alles Erdenkliche unternommen hatte, um die Worte des Jungen zu prüfen, und es war immerhin eine Erklärung für diese Unwetter, die allen bekannten Gesetzen der Natur trotzten.

Einen Plan, wie er weiter vorgehen wollte, konnte Kvanagh nicht vorlegen. Er hatte mit Jore und Meira diskutiert, war aber zu keinem brauchbaren Ergebnis gekommen. Auch Ebril hatte keine Idee, wie sie Jores Beobachtungen und die Schlüsse, die sich daraus ergaben, verwerten sollten, und so einigten sie sich am Ende darauf, dass Kvanagh, Jore und Meira weiter ihrer Arbeit nachgehen sollen, dass Ebril aber Anweisung geben würde, sie sofort zu holen, wenn irgendwo ein Unwetter aufzog. Meistens allerdings kamen die Regengüsse, Sturmböen und Gewitter ohne Vorwarnung, zwischen den ersten Vorboten, dass das Wetter umschlagen wollte, und dem Ausbruch des Unwetters verging nur wenig Zeit, das war ein Nachteil, dessen Kvanagh und Ebril sich bewusst waren. Ändern konnten sie daran nichts, sie mussten darauf hoffen, dass sie wenigstens in dieser Hinsicht Glück hatten und Kvanagh, Jore und Meira oft genug in der Nähe waren, wenn die Wolke mit den

Geistern sich irgendwo zeigte. Für Kvanagh bedeutete das, dass er von dem, was er bei der Organisation der Arbeiten übernommen hatte, wieder einen Teil an Ebril zurückgeben musste; eben weil die Zeitspanne, die ihm blieb, um zum Ort des Geschehens zu eilen, wenn die Wolke heranzog, so kurz war, blieb keine Zeit, ihn zu suchen, er musste also verlässlich dort zu finden sein, wo er zuvor gesagt hatte, dass man ihn finden würde.

***

Zwei Tage lang hofften Kvanagh, Jore und Meira vergeblich. Nicht dass es in dieser Zeit keine überraschenden Unwetter gegeben hätte, aber sie gingen jeweils zu weit weg von Kvanaghs Aufenthalt nieder und hielten nicht lange genug an, als dass die drei es hätten schaffen können, vor Ort zu sein, noch ehe die Wolke wieder abgezogen war. Kurz überlegte Kvanagh, ob es besser wäre, sich zu trennen, so dass entweder er oder Jore schnell hinlaufen konnte, wenn irgendwo ein Gewitter passierte, aber er musste sich sagen, dass es wohl nichts nutzen würde. Er selbst konnte die Gesichter in der Wolke nicht sehen, war dafür auf Jores Hilfe angewiesen, aber es sah auch so aus, als hätte, seine, Kvanaghs, Anwesenheit einen Einfluss auf Sbrelohs Geist gehabt, als Jore die Geister zum ersten Mal bemerkt hatte, so dass Jore allein wohl auch nichts ausrichten konnte.

Umso erleichterter war er, als am dritten Tag mittags Berell zu ihm gelaufen kam, um ihm zu sagen, dass ein Gewitter genau über dem Dorf heraufgezogen war. Jore und Meira mussten schon da sein, berichtete er, sie waren mit einem Stamm, den sie hatten ins Dorf bringen wollen, schon kurz vor dem Ziel gewesen und sofort losgerannt, als Berell sie unterwegs getroffen und ihnen berichtet hatte. Wären sie nur ein Stück weiter gewesen, dann hätten sie es sogar selbst schon gesehen.

Natürlich wollte Berell wissen, warum es so wichtig war, sofort Kvanagh, Jore und Meira zu holen, wenn sich irgendwo ein Unwetter zeigte, aber Kvanagh hatte keine Zeit für eine noch so kurze Erklärung. Im Laufschritt, so dass Berell Mühe hatte, überhaupt mitzukommen, hastete er durch den Wald auf das Dorf zu.

Als er es erreichte, hatten alle, die nicht irgendwelche Tätigkeiten außerhalb verrichteten, wo sie von dem Unwetter nicht betroffen waren, in den Häusern Schutz gesucht. Nur Jore und Meira standen mitten auf dem Dorfplatz und schauten angestrengt nach oben.

Kvanagh trat zu ihnen, sagte aber nichts, um insbesondere Jore nicht zu stören. Doch Jore hatte ihn offenbar gehört. „Das ist merkwürdig!", sagte er. „Ich sehe wieder Sbreloh, er war erst halb verdeckt, aber jetzt ist er wieder ganz vorne. Es war wie wenn sich in einer Menschenmenge einer nach vorne drängelt, genau so hat er sich auch bewegt, als du gekommen bist."

„Ich wünschte, du könntest mir erzählen, was los ist!", sagte Kvanagh in Gedanken zu seinem toten Freund. „Wie kann es sein, dass ausgerechnet du unser Dorf so triffst?"

Kaum hatte er das zu Ende gedacht, hatte er plötzlich ein Gefühl, ganz so, als hätte er etwas Falsches gesagt. Dabei hatte er gar nichts gesagt, und was er gedacht hatte, konnte doch niemand bemerkt haben, oder? War es das Wissen, dass er Sbreloh Unrecht tat, dass Sbreloh doch sein Leben gegeben hatte, um Svetja zu retten? Dass er immer ein treuer Freund gewesen war und es nicht verdient hatte, dass sein Charakter nach seinem tragischen Tod in Frage gestellt wurde?

Doch da war auch noch etwas anderes, ein Gefühl, das Kvanagh noch weniger einordnen konnte. Es war so, als würde er Zurückweisung spüren, als würde etwas oder jemand die nur in Gedanken gestellte Frage entrüstet zurückweisen. Es war, als ob Sbreloh sagte, dass er keine Schuld an den Ereignissen trug, dass er dem Dorf geholfen hätte, wenn er gekonnt hätte. Wurde er, wurde sein Geist dazu gezwungen, sich zu etwas herzugeben, das er ganz entschieden nicht wollte? Das hätte eher dem Sbreloh entsprochen, den Kvanagh kennengelernt, mit dem er seine gesamte Kindheit und Jugend verbracht hatte.

***

„Irgendwie hat Sbreloh auf dich reagiert", stellte Jore fest, nachdem das Unwetter sich verzogen hatte. „Du meinst, er hat sich meinetwegen nach vorne gedrängt?", vergewisserte sich Kvanagh. „Weil er gemerkt hat, dass ich da bin? Aber das würde ja bedeuten..." „Das würde bedeuten, dass er uns wahrnehmen kann", vollendete Jore an seiner Stelle. „Dass er vor allem dich wahrnehmen kann. Als Meira und ich gekommen sind, hat er nicht reagiert." „Hast du eine Idee, warum?", wollte Kvanagh wissen. „Naja, du warst sein bester Freund, oder?", antwortete Meira besonnen. „Wenn er wirklich sehen oder fühlen kann, dass jemand in seiner Nähe ist, dann ist es doch klar, dass er auf dich stärker reagiert als auf Jore oder mich. Uns hat er ja nie kennengelernt. Hast du wieder in Gedanken mit ihm gesprochen?"

Kvanagh nickte und berichtete, was ihm seit seiner Ankunft im Dorf durch den Kopf gegangen war. Es fiel ihm nicht ganz leicht, darüber zu reden, denn das war doch sehr privat, aber er wusste, dass jede Kleinigkeit wichtig sein konnte. Wenigstens konnte er sich mit dem Wissen trösten, dass Jore und Meira nichts weitererzählen würden; so gut, um sicher zu sein, dass er auf ihre Verschwiegenheit bauen durfte, kannte er sie inzwischen.

„Das passt zu Sbrelohs Gesichtsausdruck", meinte Jore, nachdem Kvanagh seine Gedanken offengelegt hatte. „Genau so hat er geschaut, als täte es ihm leid, was hier passiert, und als würde er sich wünschen, uns helfen zu können." „Dann scheint er wirklich hören zu können, was ich in Gedanken zu ihm sage", folgerte Kvanagh. In gewisser Weise gefiel ihm der Gedanke, bedeutete es doch, dass die Verbindung zu seinem besten Freund nicht ganz abgerissen war, aber es verunsicherte ihn auch, weil er nicht wusste, wie er die Gefühle interpretieren sollte, die dann vielleicht auch Sbreloh gezielt auslöste, und darauf angewiesen war, sich von Jore Sbrelohs Miene beschreiben zu lassen.

„Vielleicht können wir ihn irgendwie befragen", überlegte Meira, Kvanaghs Worte aufgreifend. „Wenn du ihm Fragen stellst, die er mit ja oder nein beantworten kann. Was meinst du", das galt Jore, „kann Sbreloh uns darauf Antwort geben?" Jore zuckte mit den Schultern. „Er kann die Augen zusammenkneifen oder jemand Bestimmten angucken. Also kann er vielleicht auch zwinkern oder die Augen von rechts nach links bewegen für ja und nein", meinte er. „Versuchen sollten wir es."

„Vielleicht bist du auch nicht der einzige, der Kontakt zu ihm aufnehmen kann", fiel Meira plötzlich ein. „Er hatte ja schließlich auch eine Familie. Die sollten wir holen, wenn die Wolke das nächste Mal auftaucht. Und seine Freundin, wenn er eine hatte."

Kvanagh war das nicht so ganz recht. Nicht dass er Sbrelohs Eltern nicht vertraut hätte, aber bei Licht betrachtet hörte sich die ganze Geschichte mit der Wolke, die aus den Geistern derer bestehen sollte, die die Flutwelle oder ihre Folgen das Leben gekostet hatte, doch reichlich unglaubwürdig an. Vor allem aber wollte er keine Hoffnungen wecken, die sich dann doch nicht erfüllten, Hoffnungen, dass der verunglückte Sohn doch noch in irgendeiner Weise zugegen war und mit ihnen kommunizieren konnte. Sbrelohs Eltern waren ohnehin noch lange nicht über den Verlust ihres ältesten Sohnes hinweg; es war mit Sicherheit ein Segen, dass sie zu sehr beschäftigt waren, um allzu lange darüber nachzudenken, und dass Sbrelohs beiden jüngeren Geschwister ihre Aufmerksamkeit benötigten, die ihrerseits wohl zum Glück noch zu klein waren, um zu begreifen, dass der große Bruder nie wieder zurückkommen würde. Eine Freundin hatte Sbreloh nach allem, was Kvanagh wusste – und er hätte es gewiss als Erster erfahren – nicht gehabt. Wohl hatte er sich für Jeselina interessiert, die mittlere von drei Töchtern des Bauern Yurtik, aber das hatte er nur Kvanagh anvertraut, unter dem Siegel der Verschwiegenheit, und Jeselina hatte entweder nichts von seinem Interesse an ihr gemerkt oder sie hatte es verstanden, sich nichts anmerken zu lassen.

Doch dem allem stand die Not des Dorfes gegenüber. Wenn es so weiter ging, wenn es ihnen vor allem nicht gelang, einen genügend großen Teil der Ernte zu retten, dann würde der Winter, selbst wenn er einigermaßen milde ausfiel, den Tod für noch mehr Menschen bedeuten. Das galt es unter allen Umständen zu verhindern, auch um den Preis, dass einige wenige sich mit schmerzhaften Erinnerungen befassen mussten, die sie lieber verdrängt hätten.

Deshalb nickte Kvanagh und machte sich direkt auf, Sbrelohs Eltern zu suchen. Schon der Gedanke, vor Vater und Mutter seines besten Freundes zu treten und ihnen zu erzählen, dass Sbrelohs Geist Teil der Wolke war, die nun schon seit Wochen die Aufräumarbeiten im Dorf behinderte, ständig die Bemühungen störte, der Zerstörung auf den Feldern zum Trotz ausreichende Vorräte für den Winter anzulegen, und immer wieder die Menschen in große Gefahr brachte, bereitete ihm Bauchschmerzen, weil er wusste, dass sie der Gedanke vielleicht noch mehr schmerzen würde als der Verlust an sich, aber es war unvermeidbar, und wenn es schon sein musste, dann war es immer noch besser, wenn er es tat.

Er fand Sbrelohs Vater, Kerdyr, bei einer Gruppe, die zum Schutz mehrerer Häuser vor weiteren Fluten aus den Bergen eine Mauer errichtete. Unabhängig davon, dass die Gruppe um Dalegron den Staudamm nach bestem Wissen und Gewissen neu bauen würde, mit aller Sorgfalt und unter Berücksichtigung aller Maßnahmen, die erforderlich waren, um einen dauerhaft stabilen Damm zu errichten, hatte die Zerstörung des alten Damms von Menschenhand bewiesen, dass es keine absolute Sicherheit gab. Es konnte erneut eine Armee kommen, die den Staudamm zerstörte, es konnte einen Bergsturz geben, und deshalb hatte Ebril sich mit den anderen Dorfbewohnern auf die Errichtung von schützenden Mauern und einige weitere Maßnahmen verständigt, die im Falle einer weiteren Flutwelle große Schäden und vor allem den Verlust von Menschenleben verhindern sollten. Das bedeutete zwar zusätzliches Arbeitsaufkommen, aber solange die Lage so unübersichtlich war, was die Pläne König Celterns betraf, war es wohl dringend geraten, umsetzbare Schutzmaßnahmen nicht auf die lange Bank zu schieben, so dass Ebril eine kleine Gruppe dafür zusammengestellt hatte.

Kvanagh hatte kein leichtes Gespräch mit Kerdyr, der erst am liebsten gar nicht auf Sbreloh angesprochen werden wollte und danach die Behauptung, Sbreloh könnte noch in irgendeiner Form existieren, ebenso strikt zurückwies wie den Gedanken, sein Sohn könnte etwas mit irgendetwas zu tun haben, das dem Dorf und damit seiner Familie Schaden zufügte. Es war mühsam, ihm klarzumachen, dass Sbreloh ganz offensichtlich nicht freiwillig zum Bestandteil dieser Wolke geworden war, die dem Dorf und dem Landstrich rings herum immer wieder sturzbachartigen Regen, Hagelschauer, Sturmböen und schwere Gewitter brachte. Dazu trug sicherlich auch bei, dass Kvanagh selbst nur Gefühle und Gedanken ins Feld führen konnte, die für ihn selbst im Zusammenhang mit Jores Beobachtungen eindeutig waren, die Kerdyr aber als Einbildung und Wunschdenken abtat. Jores Beobachtungen betrachtete er unverhohlen skeptisch, für ihn wollte der Junge sich bloß wichtig machen. Den Verdacht, Jore könnte es nicht verwinden, dass sein Ruhm nach der Rettung von Quenmerva und Asmerle zu verblassen begann, sprach Kerdyr nicht aus, aber er stand trotzdem unüberhörbar im Raum. Kvanagh konnte das in gewisser Weise verstehen, denn Kerdyr hatte nie viel mit Jore und Meira zu tun gehabt. Die beiden waren ihm, Kvanagh an die Seite gestellt worden, das hatte sich bald bewährt und war deshalb auch nie geändert worden, auch bevor Jore im Regen seine Entdeckung gemacht hatte. Die anderen im Dorf kannten die Namen, mit dem einen oder anderen hatten Jore und Meira, die sich freundlich und offen zeigten, auch immer wieder ein paar Worte gewechselt, aber keiner hatte so ausführlich Gelegenheit gehabt, sie kennen- und ihre Vertrauenswürdigkeit einschätzen zu lernen, wie Kvanagh.

Am Ende gab Kerdyr zwar nach, er würde beim nächsten Unwetter kommen, wenn es sich irgend einrichten ließ, aber Kvanagh hatte das Gefühl, ihn nicht überzeugt, sondern nur überredet zu haben. Ob das ein Nachteil sein konnte, wenn es darum ging, herauszufinden, ob auch Sbrelohs Eltern eine wie auch immer geartete Gedanken- und Gefühlsverbindung zu ihrem toten Sohn aufbauen konnten, konnte er nicht abschätzen; wenn ja, dann konnte er nichts dagegen tun, denn alle Argumente waren ausgetauscht, und sie zu wiederholen, würde Kerdyr dem Glauben an den Wahrheitsgehalt kein bisschen näher bringen.

Er hoffte, dass ihm bei Tamisra mehr Erfolg beschieden war, Sbrelohs Mutter. Kerdyr wollte verhindern, dass Kvanagh überhaupt mit ihr sprach, er wollte nicht, dass seine Frau unnötig aufgewühlt wurde, aber Kvanagh hatte einen eindeutigen Auftrag: Das Phänomen der Geisterwolke zu ergründen und herauszufinden, wie man diese Ansammlung einer schwer fassbaren Fortexistenz Verstorbener für die Zukunft davon abhalten konnte, die Lebenden zu plagen. Begleitet von Kerdyr, der, wenn er schon nichts verhindern konnte, wenigstens dabei sein wollte, wenn Kvanagh mit Tamisra sprach, machte Kvanagh sich auf, um die Mutter seines besten Freundes aufzusuchen. Er hatte nach Sbrelohs Tod einige wenige Male mit ihr über Sbreloh gesprochen, und er kannte sie lange und gut, deshalb wusste er, dass dieses Gespräch auf eine andere Art und Weise noch schwieriger und unangenehmer werden würde als das mit Kerdyr.

Drei Tage lang kamen Kvanagh, Jore und Meira keinen Schritt weiter. Nicht dass es in dieser Zeit keine Unwetter gegeben hätte, aber die Gewitter und Hagelschauer, die über dem Dorf oder irgendwo in der Umgebung niedergingen, waren allesamt immer zu weit weg von der Stelle, an der die drei jeweils arbeiteten, und ehe jemand sie gefunden hatte, war die Wolke immer wieder schon wieder abgezogen. Kvanagh hatte auch schon überlegt, ob es eine Möglichkeit gab, die Aufgaben anders zu verteilen, so dass er an zentralerer Stelle bleiben konnte, wo er leichter zu finden war und schneller vor Ort sein konnte, wenn die Wolke sich erneut zeigte. Doch das scheiterte schon daran, dass die Geister der Toten schlicht unberechenbar waren; entweder waren Zeit und Ort des nächsten Gewitters rein vom Zufall bestimmt, oder sie folgten einem Schema, das sich noch niemandem aus dem Dorf erschlossen hatte.

Einmal war bei einem dieser Gewitter Tamisra vor Ort gewesen, und bei einem anderen Kerdyr, aber beide hatten nichts zu berichten, das Kvanagh, Jore und Meira weitergeholfen hätte. Tamisra hatte sich große Hoffnungen gemacht, mit Sbreloh in Kontakt treten zu können, ungeachtet der Warnungen ihres Mannes, aber da war nicht mehr gewesen als ein diffuses Gefühl, dass ihr Sohn in ihrer Nähe war, etwas, das angesichts ihres Zustandes wahrscheinlich wirklich eher Wunschdenken war denn eine reale Verbindung, wie Kvanagh sie erlebt hatte. Auch Kerdyr hatte sich Mühe gegeben, ungeachtet seiner Skepsis, konnte aber nicht von sich behaupten, auch nur für wenige Augenblicke das Gefühl gehabt zu haben, Sbreloh dadurch irgendwie näher zu kommen. Meira war es, die aus diesen Erfahrungen heraus die Vermutung äußerte, dass nicht nur das Verhältnis zu Sbreloh vor seinem Tod eine Rolle bei der Kontaktaufnahme zu seinem Geist spielte, sondern auch eine gewisse Empfänglichkeit dafür. Vielleicht, so ihre Folgerung, hatte Kvanagh einfach eine Gabe dafür, sich den Geistern Verstorbener zu nähern, oder er hatte irgendwas an sich, das die Geister anzog. Kvanagh tendierte dazu, ihr Recht zu geben, denn das hätte erklärt, warum Tamisra, trotzdem sie Sbreloh Zeit Lebens eine liebende Mutter gewesen war, immer ein enges Verhältnis zu ihm gehabt hatte und sich augenscheinlich auch nicht von Kerdyrs Skepsis hatte anstecken lassen, nicht in der Lage war, die Nähe ihres verstorbenen Sohnes mehr als nur flüchtig zu spüren. Außerdem war er inzwischen überzeugt, dass Meira auf ihre Weise genauso scharf sehen konnte wie Jore; sie war nicht in der Lage, auf zweihundert Schritt Entfernung und bei denkbar schlechten Sichtverhältnissen Grashalme zu zählen, aber sie besaß die Gabe, sehr schnell und sehr genau zu erkennen, was andere Menschen dachten und fühlten. Manchmal war sie ihm direkt unheimlich, wenn sie sich so feinfühlig in ihn oder andere hineinversetzte, und hätte er sie nicht auch gut genug kennengelernt, um darauf zu vertrauen, dass sie diese Gabe nicht einsetzen wollte, um jemandem zu schaden, dann hätte er sich vielleicht sogar vor ihr gefürchtet. Nicht dass er sich das freiwillig eingestanden hätte, aber eine kaum vernehmbare Stimme in seinem Hinterkopf wisperte ihm, dass es so war.

Wenn Meira ihm sagte, dass Tamisra und auch Kerdyr sich wirklich bemühten, einen Kontakt zu Sbrelohs Geist herzustellen, und dass beide es nicht schafften, dann betrachtete er das als gegeben, nicht nur, weil er selbst sich nicht vorstellen konnte, dass die beiden logen; vor allem Tamisra nicht. Deshalb betrachtete er den Versuch, andere Dorfbewohner mit einzubeziehen, mit dem ersten Zufall, der ihn, Jore, Meira, Tamisra und Kerdyr allesamt inmitten eines Gewitters hatte zusammentreffen lassen, als gescheitert.

Damit blieb ihnen nur der Plan, den sie schon vorher gefasst hatten: Der Versuch, Sbreloh durch Kvanagh gezielte Fragen zu stellen, die dieser im besten Fall einfach mit „Ja" oder „Nein" beantworten konnte, und zu hoffen, dass Jore die Antwort von dem Gesicht in der Wolke ablesen konnte. Kvanagh legte sich in Absprache mit Jore und Meira einige Fragen zurecht; so wollte er in Erfahrung bringen, ob die Wolke in irgendeiner Form willkürlich gesteuert wurde, ob Sbreloh mit den anderen Geistern um ihn herum kommunizieren konnte, und natürlich nicht zuletzt, ob er ihnen helfen konnte, die Unwetter, deren Bestandteil er irgendwie selbst war, vom Dorf fernzuhalten. So weh ihm der Gedanke tat, weil es bedeutete, einen Freund wegzuschicken, es wäre ja schon eine Hilfe gewesen, wenn die Gewitter und Hagelschauer nicht über dem Dorf oder den Feldern niedergingen, sondern abseits der wenigen Wege in den Bergen oder über jenen Teilen des Waldes, die kaum je jemand betrat.

Wiederum mussten er, Jore und Meira einige Zeit warten, ehe sich eine Gelegenheit ergab, diese Fragen zu stellen. Bis zum Abend des nächsten Tages dauerte es, bis die drei endlich wieder nahe genug heran waren, als die Wolke am Himmel erschien. Immerhin wussten sie die Zeit zu nutzen, denn Svetja hatte auf Kvanaghs Bitte hin alle Dorfbewohner gezeichnet, die durch die Flutwelle ums Leben gekommen waren, und Jore würde versuchen, zu erkennen, ob auch deren Geister in der Wolke festgehalten wurden.

Kvanagh spürte sofort wieder die Nähe zu Sbreloh, und dazu einen Anflug von Wehmut, weil er anders als

Jore das Gesicht in der Wolke nicht sehen konnte. „Wie bist du nur da reingekommen?", war der erste Gedanke, der ihm durch den Kopf ging. Das war keine der Fragen, die er sich zurechtgelegt hatte, es kam einfach spontan, aber Sbreloh reagierte darauf. „Ich glaube, er weiß es nicht", sagte Jore, ohne den Blick von der Wolke abzuwenden. „Er schaut gerade irgendwie..." Er sprach es nicht aus, wusste es vielleicht nicht genau zu formulieren, aber Kvanagh verstand auch so, weil er selbst eine Hilflosigkeit spürte, die von seinem besten Freund ausging. Er war ganz sicher, Sbreloh wollte antworten, konnte aber nicht, und es war eher so, als ob Sbreloh die Antwort selbst nicht wüsste, nicht so, als würde er mit Gewalt daran gehindert, zu antworten.

Kvanagh versuchte, sich von der Frage loszureißen, um eine andere zu stellen, eine von denen, die er sich im Vorfeld überlegt hatte, aber das war eine Gratwanderung, denn er spürte auch, dass er sich in gewisser Weise fallen lassen musste, um aufnehmen zu können, was Sbreloh fühlte. So ganz verstand er noch nicht, worauf genau es dabei ankam, aber sich mit Gewalt zu konzentrieren, war es allein offenbar nicht.

„Bestimmt irgendwas, wo ihr hingeht?", fragte er in Gedanken. Selbst wenn er es nicht aussprach, hörte es sich merkwürdig an, aber auf der anderen Seite war die ganze Sache mehr als nur merkwürdig, und unter diesen Umständen schien es die naheliegende Frage zu sein. „Er nickt", berichtete Jore und bestätigte damit, was Kvanagh fühlte. „Ein Mensch?", fragte er weiter, während der Regen ihn durchnässte und ein Donnerschlag von den Bergen zurückgeworfen wurde.

Das schien Sbreloh nicht genau sagen zu können. Erst nickte er, dann schüttelte er den Kopf, dann nickte er wieder. „Weiß er es nicht?" Unwillkürlich richtete

Kvanagh die Frage an Jore, der ja als Einziger Gesten und Miene von Sbreloh sehen konnte. „Vielleicht", antwortete Jore. Er hatte die Augen leicht zusammengekniffen wegen des Regens, wandte den Blick aber für keinen noch so kurzen Moment vom Himmel ab. „Oder es ist irgendwas dazwischen", mutmaßte Meira. „Dass am Ende ein Mensch dahinter steckt, dass aber noch ein Zwischending nötig ist."

Kvanagh zuckte mit den Schultern. „Möglich", sagte er. Das klang verrückt, aber es widersprach nicht dem, was sie bislang herausgefunden hatten, und er musste sich wohl wirklich von dem Gedanken verabschieden, dass bei diesen Vorgängen überhaupt irgendwas unmöglich war. „Kannst du aus der Wolke raus?", fragte er weiter. Er fürchtete, dass Sbreloh auch das nicht beantworten konnte, doch sein Gefühl sagte ihm etwas anderes: Sbreloh würde die Wolke verlassen können, und er wollte es auch, aber er brauchte Hilfe dazu.

„Kann ich dir helfen?", bohrte er weiter. „Was muss ich tun?" War das eine ungeschickte Frage? Alles, was nicht eindeutig mit „Ja" oder „Nein" zu beantworten war, musste für Sbreloh eine fast unüberwindbare Hürde sein, er konnte nur Gefühle übermitteln, die immer einer Interpretation unterlagen. Kvanagh hatte einmal gehört, dass manche taube Menschen die Fähigkeit entwickelten, anhand der Lippenbewegungen zu erkennen, was jemand anderes sagte – wie viel einfacher wäre es gewesen, mit Sbreloh zu kommunizieren, wenn Jore diese Kunst beherrscht hätte!

„Er nickt!", vermeldete Jore, und Kvanagh nahm an, dass sich diese Geste auf die erste der beiden Fragen bezog, die er an Sbreloh gerichtet hatte. Es gab also etwas, das er tun konnte, um Sbreloh zu helfen, um ihm einen Weg aus der Wolke zu ebnen, aber was? Das Gefühl von Nähe, es war jetzt fast so, als ob Sbreloh sich an ihn klammerte, gab ihm keine Idee ein, es war einfach zu unbestimmt, um etwas Konkretes auszusagen. Es war fast unerträglich, diese Verzweiflung zu spüren, mit der Sbreloh – ja was versuchte? Sich an ihm festzuhalten, wie ein Ertrinkender, der sich an ein Seil klammerte, um nicht mitgerissen zu werden und unterzugehen?

XIX

Die Wolke zog weiter, ehe Kvanagh Zeit gehabt hatte, sich zu überlegen, welche Frage er Sbreloh als nächste stellen sollte, um herauszufinden, was er tun musste, um seinem besten Freund zu helfen. Das – ja, sollte man es ein Zusammentreffen nennen? – mit Sbreloh ließ ihn ratloser zurück als jedes zuvor, obwohl doch eigentlich wichtige Fragen nun beantwortet waren: Die Unwetter waren nicht naturgegeben, zumindest nicht von der Natur, wie Kvanagh sie kannte, und es gab einen Weg, um zumindest Sbreloh aus der Gewalt der Unheil bringenden Wolke zu befreien. Würden sie auch die anderen Geister befreien können? Würden sie, wenn ihnen das gelang, auch den Unwettern ein Ende machen?

Jore hatte trotz des Regens, der auf ihn niedergeprasselt war, scharf beobachtet, und wusste zu berichten, dass Sbreloh nicht nur mit Nicken und Kopfschütteln auf Kvanaghs Fragen geantwortet hatte. „Es sah so aus, als würde er versuchen, sich aus der Wolke zu lösen", erzählte er, nachdem der Regen aufgehört hatte und damit auch Kvanaghs Verbindung zu Sbreloh abgerissen war. „Ich glaube, je länger und stärker du an ihn gedacht hast, desto mehr. Es waren nur noch ganz dünne Wolkenfetzen, die ihn mit dem Rest verbunden haben. Erst als die Wolke davongeflogen ist, da war er wieder richtig drin." „Meinst du, wenn der Regen noch etwas länger gedauert hätte, dann hätte es geklappt, und er wäre frei gewesen?", wollte Kvanagh wissen. Jore wiegte leicht den Kopf. „Ich weiß es nicht genau", gestand er. „Ich weiß auch nicht, wie wir es herausfinden können, außer indem wir es beim nächsten Mal wieder versuchen und hoffen, dass uns dann etwas mehr Zeit bleibt."

Solange die Unwetter immer so überraschend kamen, wie sie bisher gekommen waren, würde das jedoch ein Glücksspiel bleiben. Am Abend besprach Kvanagh sich mit seinem Vater, und am Ende entschieden sie, dass der Kampf gegen die Gewitter, Sturmböen, Regen- und Hagelschauer wichtig genug war, um andere Arbeiten deswegen zurückzustellen. Kvanagh, Jore und Meira würden sich einen Wachposten suchen, an dem sie fortan auf das nächste Unwetter warten würden, einen Punkt, der einigermaßen nah am Dorf lag, aber zugleich möglichst hoch, damit sie die Wolke so früh wie möglich sehen konnten, wenn sie heraufzog. Gerade mit Jores scharfen Augen musste es möglich sein, die Wolke zu sehen, wenn sie noch weit entfernt war, vorausgesetzt, dass ihm die Sicht nicht versperrt war.

Allerdings war der erhöhte Beobachtungsposten kein Allheilmittel, das war abzusehen und bestätigte sich schnell. Die Anhöhe unweit des Dorfes, eigentlich nur ein riesiger, bewachsener Felsbrocken, an dessen Windseite angewehte Erde einen mäßig geneigten und begehbaren Hang bildete, ermöglichte es zwar vor allem Jore, die Wolke auszumachen, wenn sie noch weit entfernt war, teils auch früher als diejenigen, über denen sie ihre Gewalt schließlich entlud, aber der mitunter lange Weg zum Ort des Geschehens blieb. Kvanagh und Ebril hatten darüber gesprochen, ob es sinnvoll wäre, ein Pferd für Kvanagh und Jore zur Verfügung zu stellen, aber sie hatten einsehen müssen, dass sämtliche Pferde, die das Dorf zur Verfügung hatte, an ihren jeweiligen Einsatzorten unabkömmlich waren. Ohnehin hatten sie zu wenige, und es war schwer genug, alle Arbeiten so zu organisieren, dass dort, wo es wirklich nötig war, immer eines da war. Auch wenn es für sie nach allen bekannten Fakten ein merklicher Nachteil war, Kvanagh, Jore und

Meira mussten sich weiter auf die eigenen Füße verlassen.

Dennoch hatten sie einen Tag später Glück: Jore sah die Wolke, als sie sich über die Bergkette schob, fast so, als hätte sie sich auf der anderen Seite versteckt und wollte sich jetzt vorsichtig auf verbotenes Terrain vortasten, und als sie ihr entgegenliefen, erreichten sie die Felder, über die der Sturm mit Hagel und heftigen Windböen hinwegfegte, kaum dass das Unwetter losgebrochen war. Menschen drohten diesmal nicht zu Schaden zu kommen, so man von den dreien ab, die sich dieser Urgewalt aus eigenem Entschluss aussetzten, aber ein Teil der mühsam auf der von der Flut verwüsteten Ackerfläche gezogenen Rüben wurde herausgeschwemmt und blieb im Abschlussgraben am Feldrand liegen.

Doch dafür hatte Kvanagh in diesem Moment nur einen kurzen Blick übrig, auch wenn er wusste, dass die Rüben einen wichtigen Teil der Wintervorräte darstellten, die knapp genug werden würden, und dass es wieder zusätzliche Arbeit bedeuten würde, die Rüben einzusammeln, so weit möglich wieder einzupflanzen und die übrigen haltbar zu machen für den Winter. Er konzentrierte seine Gedanken so schnell wie möglich und so gut wie möglich wieder auf Sbreloh und starrte unwillkürlich zum Himmel, obwohl er dort nicht mehr sehen konnte als eine dicke, dunkelgraue Wolke und die Augen zusammenkneifen musste, damit ihm die Hagelkörner nicht hineinprasselten. Auch Jore hatte damit zu kämpfen, aber selbst bei diesem Wetter schien er keine Mühe zu haben, die Wolke und die Geister darin in jeder Einzelheit zu erkennen.

In Gedanken fragte er Sbreloh, wie er es anstellen sollte, ihn zu befreien, aber er spürte nichts, was sich nach einer Antwort auf diese Frage angefühlt hätte. Es schien ihm so, als würde Sbreloh um irgendwas ringen, um einen Weg, sich verständlich zu machen, vielleicht auch um seine Freiheit, das konnte Kvanagh nicht unterscheiden. „Gib mir ein Signal, wie ich dir helfen kann!", bat er innig. „Denk an deine Eltern! Sollen sie sich grämen mit dem Gedanken, dass du in dieser Wolke bist, die uns nur Unglück bringt? Denk an Chaspre und Rekka!" Das waren Sbrelohs jüngere Geschwister. „Du möchtest doch, dass sie gesund und glücklich aufwachsen, oder?" Er unterbrach seine Gedankenrede, um kurz in sich hineinzulauschen, und diesmal vermeinte er etwas zu spüren, das ihm Sbrelohs Zustimmung signalisierte. Natürlich wollte sein bester Freund nicht, dass seine Eltern ihn in schlechter Erinnerung behielten, dass sie nach seinem Tod schlecht über ihn denken mussten, und natürlich wollte er auch nicht, dass sein kleiner Bruder und seine kleine Schwester krank wurde, vielleicht sogar starben, weil das ganze Dorf Kälte und Hunger im Winter zu wenig entgegenzusetzen hatte. „Denk an Jeselina!", setzte er nach. „Auch wenn du sie jetzt nicht mehr heiraten kannst, du möchtest doch, dass sie glücklich wird, oder?"

Wieder spürte er deutlich das Ja von Sbreloh, dann gab es eine Art Ruck, von dem er nicht sagen konnte, ob er real oder nur in seiner Einbildung geschehen war. Danach – nichts! Er hatte das Gefühl, dass Sbreloh überall um ihn herum war, aber als er sich wieder gesammelt hatte und versuchte, seine Gedanken wieder auf Sbreloh zu konzentrieren, blieben seine Fragen unbeantwortet. Es erschreckte ihn, und zugleich verspürte er ein unerklärliches Gefühl von Befreiung, das überhaupt nicht zu seiner und vor allem Sbreloh Situation zu passen schien. Was war da passiert?

„Was ist passiert?", fragte er einige Augenblicke später laut. „Irgendwas war da, ich weiß nicht genau, was, und jetzt kann ich Sbreloh irgendwie nicht mehr spüren. Ich meine, es fühlt sich so an, als wäre er immer noch da, aber ich kann ihn nicht mehr fragen. Weiß nicht, wie ich es beschreiben soll." Er zuckte mit den Schultern, auch um Jore und Meira möglichst wenig merken zu lassen, wie verwirrt er war und welche Befürchtungen er hegte. Was, wenn die Verbindung zu Sbreloh endgültig abgerissen war? War dann ihre letzte Chance dahin, die Unwetter abzuwenden, die offensichtlich so bewusst das Land ein ums andere Mal heimsuchten?

Doch Jore wirkte überraschend ruhig und vor allem nicht annähernd so verwirrt wie Kvanagh. „Du hast es geschafft!", sagte er, ohne den Blick von der Wolke abzuwenden, aus der immer noch Regen und Hagel niedergingen. „Sbreloh hat sich aus der Wolke gelöst." Kvanagh zuckte unwillkürlich zusammen. „Wie...?", wollte er wissen, und ohne dass er es wollte, klang es hastig. „Er wollte da raus", erklärte Jore. „Das hat man an seinem Gesicht gesehen. Er hat immer mehr gezerrt, und irgendwann ist die letzte Verbindung zur Wolke abgerissen." „Und dann?", bohrte Kvanagh weiter. „Was ist dann mit ihm passiert?" „Er hat sich aufgelöst, so sah es aus", antwortete Jore etwas nachdenklich. „Der Teil von der Wolke, der sich gelöst hat, ist in ganz viele kleine Stücke zerfasert, und die haben sich überall verteilt, oder sie sind davongeweht worden. Ein paar haben dich getroffen, die meisten sind in Richtung Dorf getrieben." Das lag außer Sicht, verborgen hinter einer Bodenwelle, so dass selbst Jore mit seinen scharfen Augen den Weg der Wolkenfasern, die nicht auf Kvanagh niedergegangen waren, nicht bis zum Ende hatte verfolgen können.

Einen kurzen Moment lang schwiegen alle drei, und nichts war zu hören außer dem Lärm des Unwetters. „Meint ihr, Sbreloh ist zu denen gegangen, die ihm etwas bedeuten?", fragte Meira dann nachdenklich. „Ich meine, wenn ein Teil zu dir gegangen ist, Kvanagh, und der andere aufs Dorf zu..." Sie verstummte, vielleicht fand sie ihre Theorie selbst etwas wackelig, aber was sie sagte, klang schlüssig, so unglaublich es auch sein mochte. Und vor allem war es ein schöner Gedanke, dass Sbreloh selbst jetzt, wo sein Geist nicht mehr in der Wolke gefangen gehalten wurde, immer noch auf irgendeine Art und Weise da war, dass die, mit denen er in seinem Leben innig verbunden gewesen war, ihn immer noch mit sich trugen.

„Ich hab ihm gesagt, er soll an seine Eltern denken", murmelte Kvanagh, mehr zu sich selbst. „An seine Geschwister, und auch an Jeselina, auch wenn er sie jetzt nicht mehr heiraten kann."

Er biss sich auf die Lippen, denn dass Sbreloh eine heimliche Vorliebe für Jeselina gehabt hatte, das hatte er bislang für sich behalten. Auch Meiras Frage, ob Sbreloh eine Freundin gehabt hatte, hatte er verneint, ohne durchblicken zu lassen, dass es aber ein Mädchen gab, das Sbreloh gern zur Freundin gehabt hätte. Doch dann sagte er sich, dass es nicht schlimm war, denn Jore und Meira waren die Letzten, die das Gehörte im Dorf rumerzählt hätten.

XX

Für den Rest des Tages war Kvanagh kaum ans-
prechbar. Das Unwetter, jetzt ohne Sbreloh, hatte
sich verzogen, ehe er einen klaren Gedanken
hatte fassen können, und wahrscheinlich verdankte er es
nur Jore und Meira, dass er den Weg zurück zu ihrem
gemeinsamen Beobachtungsposten gefunden hatte und
unterwegs kein einziges Mal gestürzt war. In Gedanken
versunken saß er auf der von struppigem Gras bedeck-
ten Kuppe der Anhöhe, und seine Augen fuhren me-
chanisch über den Horizont, ohne ihn wirklich wahrzu-
nehmen. Er dachte daran, was mit Sbrelohs Geist geschehen war, versuchte, sich vorzustellen, wie es sich für
Sbreloh angefühlt hatte, und fragte sich, ob sein bester
Freund auch jetzt noch auf irgendeine Weise die Welt
wahrnahm.

Wenn es ihm gelang, sich für einen kurzen Moment
von den Gedanken an Sbreloh loszureißen, dann drängte sich sofort die Frage in den Vordergrund, die er sich
schon gestellt hatte, als Jore ihm gesagt hatte, dass Sbrelohs Geist sich aus der Wolke befreit hatte: War damit
auch die Verbindung zu dieser Wolke gerissen? Was
konnten, was mussten sie tun, um der Unwetter Herr zu
werden, die so offensichtlich ihr eigener Herr waren und
nicht den Gesetzen der Natur folgten? Konnten sie
überhaupt etwas tun?

Seine Überlegungen kamen zu keinem Ergebnis,
aber sie richteten auch keinen Schaden an. Schon die
Erfahrung der letzten Tage hatte gezeigt, dass ohnehin
Jore mit seinen scharfen Augen jedes Mal der Erste war,
der die Wolke entdeckte, wenn sie für Kvanagh und
Meira noch viel zu weit entfernt war, um sich vom
Himmel abzuheben.

Erst spät am Abend ließ Kvanagh sich von Jore und Meira davon überzeugen, dass es Zeit wurde, nach Hause zu gehen, etwas zu essen und zu schlafen. Er hatte längst den Verdacht, dass Tag oder Nacht für Jores Augen keinen Unterschied machte, dass der Junge bei Dunkelheit genauso weit und genauso scharf sehen konnte wie am helllichten Tag, aber deshalb konnte Jore doch nicht Tag und Nacht auf dem Hügel Wache halten. Jeder Mensch musste zwischendurch schlafen, und Jore schien sein Durchhaltevermögen sehr genau einschätzen zu können.

Auf dem Weg durchs Dorf sah Kvanagh, dass Sbrelohs Eltern noch wach waren, und er beschloss, noch kurz zu ihnen zu gehen, obwohl es eigentlich längst jenseits jeder Zeit war, zu der ein Besuch höflich gewesen wäre. Er dachte, dass es Kerdyr und Tamisra interessieren würde, was mit dem Geist ihres Sohnes geschehen war, auch wenn Kerdyr sich immer skeptisch gezeigt hatte, was Jores Beobachtungen betraf. Vor allem Tamisra würde erleichtert sein, zu hören, dass Sbreloh nicht mehr gefangen war.

***

Als Kvanagh schließlich nach Hause kam, hatten Jore und Meira Ebril schon umfassend ins Bild gesetzt. Außerdem hatte Meira sich darum gekümmert, ein spätes Essen auf den Tisch zu bringen, und erst als er den Käse roch, merkte Kvanagh, wie hungrig er war. Sein Vater ließ ihm Zeit, und erst als Kvanagh gegessen hatte, begann er, die Ereignisse des Tages zu besprechen.

Soweit Kvanagh, Jore und Meira es beurteilen konnten, hatte Sbrelohs Befreiung die Wolke nicht merklich geschwächt, aber das war logisch, selbst wenn die Unwetter ihre Kraft wirklich aus den versammelten Geistern bezogen. Es mussten schließlich hunderte von Geistern sein, wenn die Mehrzahl aller betroffen war, die durch die Flutwelle ums Leben gekommen waren, da konnte was immer Sbreloh unfreiwillig dazu beigetragen hatte, nur ein verschwindend kleiner Teil sein.

Den Toten den Weg zu jenen zu weisen, die ihnen im Leben lieb gewesen waren, schien aber der richtige Ansatz zu sein, und es war klar, dass Kvanagh, Jore und Meira weitermachen und versuchen würden, auch andere Geister aus der Wolke zu befreien.

Um sie zu erkennen, hatte Jore ja die Bilder, die Svetja gezeichnet hatte. Weil Kvanagh auf die Qualität mehr Wert gelegt hatte als auf eine möglichst schnelle Fertigstellung, hatte es das Mädchen einen halben Tag gekostet, alle Bilder zu zeichnen, doch dafür waren die Ergebnisse mehr als überzeugend. Jede einzelne Person war perfekt abgebildet, mit allen Einzelheiten der Gesichtszüge; damit würde Jore die toten Dorfbewohner mühelos identifizieren können, wenn sie sich in der Wolke zeigten.

Die größte Last lag jedoch bei Kvanagh selbst, denn Jore konnte nur überprüfen, was sich in der Wolke tat, während Kvanagh derjenige war, der alles anstoßen musste. Dafür musste er jedoch einen Kontakt aufbauen, und er befürchtete, dass das nicht so leicht sein würde wie bei Sbreloh, wo zumindest das Gefühl, dass er irgendwie da war, von allein gekommen war. Gekannt hatte er natürlich alle, die umgekommen waren, in einem Dorf von der Größe von Kvanaghs kannte jeder jeden und hatte mit jedem zumindest gelegentlich zu tun, das war anders gar nicht möglich. Doch das Verhältnis war natürlich nicht zu allen gleich, es gab Menschen, die Kvanagh besser kannte und besser leiden konnte als andere, und das galt auch für die Toten der Flutkatastrophe. So hatte er den Kontakt mit der Frau des Gerbers nach Möglichkeit vermieden, weil er sie oft als hart und ungnädig empfunden hatte, während er gern mit dem alten Herjul gesprochen hatte, der trotz seines Alters und der damit einhergehenden Gebrechen immer ein fröhlicher Mann gewesen war. Er hoffte, dass Herjuls Geist wenigstens einen Teil dieser Fröhlichkeit bewahrt hatte und etwas davon aufblitzen lassen konnte – vorausgesetzt natürlich, es gelang Kvanagh überhaupt, Kontakt aufzubauen. Aber darüber wollte er sich keine Gedanken machen, es musste einfach klappen.

Das vielleicht größte Problem war wohl, dass die Mehrheit der Geister in der Wolke Unbekannte waren, Männer der Garnison, die teils aus weit entfernten Dörfern und Städten stammten. Auch wenn König Archal angeordnet hatte, nur Männer in die Garnison einzuziehen, die aufgrund ihrer Herkunft mit den Gegebenheiten im Gebirge vertraut waren, verteilten sich die Heimatorte der Männer doch bedingt durch die Länge des mächtigen Gebirgszugs auf ein großes Gebiet entlang der Grenze. Ins Dorf kamen diese Männer kaum, und wenn, dann schlossen sie selten nähere Bekanntschaft mit irgendwem. Trotzdem fragte Kvanagh im Dorf herum und versuchte, so viel wie möglich über die Soldaten in Erfahrung zu bringen, aber das Ergebnis dieser Bemühungen, die ihn fast den ganzen Tag kosteten, war nicht der Rede wert. Der Schneider konnte sich entsinnen, dass ein Soldat bei ihm gewesen war, um sich ein neues Hemd nähen zu lassen; der hatte erwähnt, dass er bald aus der Garnison auszuscheiden und in sein Dorf zurückzukehren gedachte, um zu heiraten. Er konnte den Namen nennen, wusste aber nicht, ob dieser Soldat die Flutwelle überlebt hatte oder nicht.

Mit diesen wenigen Informationen würde Kvanagh kaum Aussicht haben, die Geister der Soldaten aus der Wolke zu befreien. Ohne Namen, um sie anzusprechen, und ohne Menschen, von denen er wusste, dass sie den Männern zu Lebzeiten etwas bedeutet hatten und vermutlich auch nach dem Tod etwas bedeuteten – wie sollte das gehen?

Wie Kvanagh es auch drehte und wendete, sie waren zwingend auf die Hilfe der Garnison angewiesen. Das würde wieder Zeit kosten, und Ebril musste zwei Leute dafür abstellen, die sich auf den Weg zur Festung machten. Hin- und Rückweg und mindestens einen Tag eingerechnet, den sie brauchen würden, um möglichst viel über die getöteten Soldaten zu erfahren und aufzuschreiben, würden sie nicht unter drei Tagen weg sein, drei Tage, die sie natürlich auch im Dorf fehlen würden, und der Ausgang war ungewiss. Der Kommandant der Garnison war nicht als rücksichtsloser Befehlshaber bekannt, der sich einen Dreck um die Bewohner der Dörfer scherte, die in seinem Wachgebiet lagen, und dass er von Männern aus Kvanaghs Dorf aus den Bergen geholt und im Dorf gesund gepflegt worden war, mochte ihn sogar gewogen machen, aber das garantierte nicht, dass er Ebrils Abgesandte empfing und ihnen erlaubte, die Liste der Getöteten abzuschreiben und die überlebenden Soldaten zu befragen. Auch die Garnison musste sich nach der Flutwelle neu aufstellen, neue Leute hatten rekrutiert und Waffen und Ausrüstung repariert und ersetzt werden müssen, Ebril glaubte nicht, dass dieser Vorgang schon abgeschlossen war. Möglicherweise war die Garnison immer noch unterbesetzt oder notdürftig mit Männern aus anderen Teilen des Königreichs verstärkt worden, die so schnell wie möglich mit den besonderen Gegebenheiten im Gebirge vertraut gemacht werden mussten. Wenn sich der Kommandant unter diesen Umständen nicht in der Lage sah, dem Dorf zu helfen und seine Soldaten für eine Befragung zur Verfügung zu stellen, dann gab es nichts, was Ebril dagegen tun konnte. Es war nicht einmal gesagt, dass man bei der Garnison keinen Verrat argwöhnte, und die beiden Freiwilligen, die sich schließlich mit einem Brief des Dorfoberen auf den Weg machten, wussten ganz genau, dass sie sich auf eine gefährliche Mission einließen.

Auf die Rückkehr der beiden Männer wollte Kvanagh jedoch auf keinen Fall warten. Er würde mit den Menschen beginnen, die er gekannt hatte, angefangen mit dem alten Herjul, von dem er das Gefühl hatte, dass er mit ihm am ehesten Kontakt würde herstellen können.

Es war ein merkwürdiges Gefühl, inmitten eines Unwetters zu stehen und nicht mehr Sbrelohs Nähe zu spüren wie bisher. Irgendwie war da immer noch so ein Gefühl, dass Sbreloh auf irgendeine Weise immer bei ihm war, aber es war nicht mehr diese fast greifbare und doch so schwer zu beschreibende Nähe, die es ihm möglich gemacht hatte, in Gedanken mit seinem besten Freund zu sprechen und Antworten zu bekommen.

Er versuchte, sich ganz auf Herjul zu konzentrieren, rief sich das Gesicht ins Gedächtnis; er versuchte, nicht die starre Totenmaske des alten Mannes zu sehen, sondern das fröhliche, oft etwas verschmitzte Lachen, das Herjul zu Lebzeiten ausgezeichnet hatte. So hatte Svetja ihn auch gezeichnet, und Kvanagh hoffte, dass Jore genau dieses Lachen in der Wolke wiederfinden würde.

Zunächst hatte er nicht das Gefühl, eine Antwort zu bekommen, und als es dann doch kam, war es ganz schwach. „Herjul, kannst du mich hören?", fragte er den alten Mann in Gedanken. Eigentlich war das nicht ganz richtig, denn wie sollte Herjul ihn hören, wenn er die Frage doch nur in Gedanken formulierte, aber es schien immer noch der beste Ausdruck zu sein für das, was hier geschah. Er fühlte ein Ja, aber es war immer noch schwach. Lag es daran, dass er Herjul, auch wenn er ihn gemocht hatte, nicht so eng verbunden gewesen war wie Sbreloh? Daran, dass Sbreloh ein kräftiger junger Mann gewesen war, als er gestorben war, während Herjul auch ohne das Unglück wohl nicht mehr sehr viele Jahre beschieden gewesen wären? War es beides zusammen, oder vielleicht noch etwas ganz anderes?

„Wir sind hier, um dir zu helfen!", rief er dem alten Mann stumm zu. „Du willst doch zurück, oder? Zu Frebela", das war Herjuls Frau, „zu Bosibbal und den Kindern?" Bosibbal war der Sohn, er war verheiratet und hatte zwei Kinder, von denen eines etwas älter, das andere etwas jünger war als Jore und Meira. Er hatte schon seit einigen Jahren den Hof geführt, aber Herjul hatte es sich nie nehmen lassen, im Rahmen dessen, was er noch konnte, bei der Arbeit zu helfen, weit über das hinaus, was von einem Altbauern erwartet wurde, nachdem er den Hof übergeben hatte.

„Er reagiert", ließ sich Jore vernehmen, im gleichen Moment, in dem Kvanagh selbst das Gefühl hatte, dass Herjul ihm antwortete. Kvanagh beschloss, sich ganz auf sein Gefühl zu konzentrieren, das schien ihm wichtiger als von Jore eine genaue Beschreibung von Herjuls Mimik zu bekommen. Er wusste, dass seine Zeit begrenzt war, wenn das Gewitter sich verzog, dann würde der Kontakt zu Herjul wieder abreißen. Ganz kurz kam ihm der Gedanke, ob er der Wolke einfach nachlaufen sollte, aber das würde absehbar zu nichts führen. In den allermeisten Fällen würde die Wolke ihn einfach abhängen, weil sie, wenn sie sich bewegte, schneller war als jeder Fußgänger, genau deshalb wurden die Menschen auf den Feldern und im Dorf ja so oft davon so überrascht, dass sie sich kaum noch in Sicherheit bringen konnten, und die Wolke konnte auch einfach über Hindernisse hinwegschweben, die Kvanagh mühsam überklettern oder weiträumig umgehen musste. Außerdem würde Kvanagh bei Laufen so darauf aufpassen musste, dass er nirgendwo gegen lief, dass er nicht stolperte, fiel und sich verletzte, dass er seine Gedanken ohnehin nicht in dem Maß auf einen der Geister in der Wolke würden konzentrieren können, wie es nach allem, was er wusste, nötig war, um ihn zu befreien.

Sein Gefühl sagte ihm, dass Herjul nicht seinetwegen um die Jahre trauerte, um die die Flutwelle ihn gebracht hatte. Am meisten schien es ihm der Enkel wegen wehzutun, und natürlich wollte er nicht, dass die ihn als Teil eines fortgesetzten Unglücks für das ganze Dorf in Erinnerung behielten.

Das musste er auch nicht, versicherte Kvanagh ihm, er würde nur all seinen Willen zusammennehmen und auf die richten müssen, die ihm etwas bedeuteten, um sich aus der Wolke zu befreien.

Erst als das Unwetter aufhörte und damit auch der Kontakt zu Herjul abbrach, wurde Kvanagh klar, dass er damit einen völlig neuen Gedanken formuliert hatte. War das die entscheidende Idee? Der Weg, den er den Geistern weisen und den zu gehen er ihnen helfen musste?

„Wir sollten es auf jeden Fall versuchen", stimmte Jore ihm zu, als er den Gedanken aussprach. „Herjul hat reagiert. Ich konnte ihn zuerst gar nicht sehen, aber dann war sein Gesicht da, es war so, als hätte er dich gehört und sich deshalb nach vorne gedrängt."

„Wir brauchen also vor allem mehr Zeit", stellte Kvanagh ernüchtert fest. „Aber verdammt, woher sollen wir die kriegen? Wir können die Wolke schließlich nicht festbinden! Und vor allem, es sind so viele Geister, wenn wir jeden einzelnen so herausholen müssen, dann dauert es bis in den nächsten Sommer – vorausgesetzt, wir können überhaupt irgendwie so lange durchhalten."

XXI

Insgesamt brauchte es drei Versuche, um dem alten Herjul den Ausbruch aus der Wolke zu ermöglichen. Nachdem im ersten Anlauf einfach die Zeit nicht gereicht hatte, zog die Wolke auch beim zweiten Mal ab, ehe Herjuls Geist sich ganz hatte lösen können. Erst als Kvanagh es zum dritten Mal probierte, blieb die Wolke lange genug an Ort und Stelle, dass Herjul auch die letzten dünnen Dunstfäden zerreißen konnte, die ihn noch mit der Wolke verbanden. Für Kvanagh war es das gleiche Gefühl wie beim Abschied von Sbreloh – ein Ruck, der die Verbindung abreißen ließ, und von da an nur noch ein unbestimmtes Gefühl, dass Herjul noch irgendwie da war. Es war schwächer als bei Sbreloh, und Jore wusste zu berichten, dass sich auch nur ein viel kleinerer Teil der Wolkenpartikel, in die Herjuls Geist sich aufteilte, auf Kvanagh niedergelassen hatte. Weil sie diesmal näher am Dorf waren und es keine nennenswerten Sichthindernisse gab, konnte er mit einiger Sicherheit sagen, dass die Mehrheit der Dunstfäden aus Herjuls Geist den Hof zum Ziel gehabt hatte, auf dem Herjul sein ganzes Leben verbracht hatte und auf dem seine Frau, sein Sohn, dessen Frau und die Enkel immer noch lebten.

Nachdem Herjul hoffentlich so seinen Frieden gefunden hatte, versuchte Kvanagh zwar einerseits müde, andererseits aber mit neuem Mut, den nächsten Kontakt herzustellen. Er fürchtete von Anfang an, dass es nicht mehr reichen würde, um einem weiteren Geist zur Flucht zu verhelfen, denn das Gewitter schwächte sich bereits ab, und da die Erinnerung an Familie und enge Freunde offensichtlich eine so wichtige Rolle spielte, würde es beim nächsten noch schwieriger werden als bei

Herjul. Doch er wollte es probieren, vielleicht konnte er noch kurz mit einem Geist reden – er hatte beschlossen, den Austausch mittels Gedanken und Gefühlen für sich als Gespräch zu bezeichnen – und dabei schon mal einen Grundstein legen für einen Befreiungsversuch. Vielleicht erinnerten sich die Geister ja bei der nächsten Kontaktaufnahme und kamen dann schneller frei, da waren Kvanagh, Jore und Meira sich noch nicht sicher, was sie glauben sollten, und schaden konnte es wohl nicht.

Anders als bei Sbreloh und Herjul fühlte Kvanagh sich beklommen, als er versuchte, seine Gedanken auf Kryswita zu richten, die Frau des Gerbers. Er wusste, dass er sie befreien musste, weil alle Geister zu befreien der einzig erkennbare Weg war, die von Böswilligkeit gelenkte Wolke zu zerstören, und selbst wenn es gereicht hätte, nur einen Teil der Geister zu befreien, damit der Rest sich irgendwie von allein erledigte, hätte er keinen Unterschied zwischen Bekannten und Unbekannten und Freundlichen und Unfreundlichen gemacht. Aber so ganz konnte er seine persönlichen Gefühle gegenüber den Verstorbenen nicht unterdrücken. Er hoffte, dass das die Kontaktaufnahme nicht erschweren oder gar verhindern würde.

Dann war das Gewitter vorbei, und die Wolke zog ab, ohne dass Kvanagh eine Antwort der Gerberin gespürt hatte. „Hast du sehen können, ob sie mich gehört hat?", erkundigte er sich bei Jore. Der strich sich das klatschnasse Haar aus der Stirn und zuckte mit den Schultern. „Ich weiß nicht genau", antwortete er. „Ich hab sie nur ganz kurz sehen können, da ist sie etwas weiter nach vorne gekommen, aber das kann auch Zufall gewesen sein. Ein bisschen bewegen die Geister sich innerhalb der Wolke ja immer." „Gespürt hast du nichts?", wollte Meira wissen. Es war eher eine rhetorische Frage, Kvanagh war ziemlich sicher, dass das Mädchen die Antwort sehr gut an seinem Gesicht ablesen konnte. „Nein", sagte er bedauernd und schüttelte den Kopf. „Aber vielleicht war die Zeit einfach zu kurz." Er schwieg einen Moment. „Hoffentlich!", fügte er dann hinzu. Er wollte überhaupt nicht daran denken, dass es anders sein könnte, dass er vielleicht nicht oder nicht ausreichend intensiv mit Kryswita in Kontakt treten konnte, um ihr den Weg aus der Wolke zu weisen, weil er zu ihren Lebzeiten kein gutes Verhältnis zu ihr gehabt hatte.

Nachdenklich und trotz der gelungenen Befreiung Herjuls fast niedergeschlagen machte er sich zusammen mit Jore und Meira auf den Rückweg zu ihrem Aussichtsposten. Hoffentlich kam bald das nächste Unwetter, und hoffentlich passierte es recht nah bei ihnen! So unerquicklich es für das Dorf war, so sehr war doch jedes Gewitter auch eine Möglichkeit, einen kleinen Fortschritt zu erzielen, und es war zugleich der einzige Weg, in Erfahrung zu bringen, ob er mit ausreichend Zeit in der Lage war, eine Antwort von Kryswita zu empfangen.

XXII

„Kvanagh, wach auf!" Unvermittelt riss Meiras Stimme Kvanagh aus dem Schlaf, und Meiras Hand an seiner Schulter unterstrich die Dringlichkeit. Im ersten Moment wusste er nicht, wo er war, dann fiel ihm wieder ein, dass er zusammen mit Jore und Meira beschlossen hatte, den Posten nicht nur tagsüber zu besetzen, sondern auch nachts dort zu schlafen. Sie hatten sich knapp unterhalb des höchsten Punkts der Kuppe einen behelfsmäßigen Unterstand gebaut, nicht mehr als ein schräges Dach aus Ästen, Erde und Laub, das sie notdürftig vor Regen und Hagel schützen würde.

Kvanagh hatte sich gleich nach Einbruch der Dunkelheit schlafen gelegt. Er hatte gesehen, dass Jore und Meira noch am Feuer sitzen geblieben waren, hatte aber erwartet, dass sie ihm bald in die Hütte folgen würden. Dass sie auch mal ein bisschen Zeit für sich haben wollten, reden, ohne dass er mithörte, oder einfach einander im Arm halten, verstand er, aber sie waren wie er seit dem Sonnenaufgang wach gewesen und hätten eigentlich auch genauso erschöpft sein müssen.

Kvanagh richtete sich auf und sah, dass Jore nicht allein am Feuer saß. Erkennen konnte er die zweite Person nicht, weil sie ihm den Rücken zuwandte und in der Dunkelheit nur Umrisse zu sehen waren. Aus der Größe und der schmalen Statur schloss er aber, dass es sich nicht um einen älteren Jugendlichen oder Erwachsenen handelte; eher war die Gestalt ein gutes Ende jünger als Jore und Meira.

„Komm mit!", forderte Meira ihn auf, und in ihrer Stimme schwang Aufregung mit. Kvanagh hatte eigentlich keine Lust, aufzustehen, er war hundemüde, aber er wollte nicht als Weichling dastehen, und wenn Meira es so dringend machte, dann war es das auch. Also schob er die Decke zur Seite und stemmte sich auf die Füße.

Jore nahm kaum Notiz von ihm, als er ans Lagerfeuer trat, und auch der Junge, der neben ihm saß, blickte nur kurz zur Seite. Danach spielte er weiter auf seiner Panflöte, und erst jetzt fiel Kvanagh auf, dass die Musik der Flöte schon die ganze Zeit in der Luft lag.

Daran hätte er den Jungen schon lange erkennen können, denn es gab im Dorf nur ein Kind, das das Instrument gut genug beherrschte, um eine Handvoll Melodien fehlerfrei und einige weitere mit nur kleinen Unsicherheiten zu spielen. Leurand war zehn, sein Vater Knecht auf einem der Bauernhöfe, und das Flötenspiel war sein liebster Zeitvertreib. Seine Panflöte hatte er selbst gebaut, und er war zurecht stolz darauf.

„Was ist passiert?", fragte Kvanagh, hauptsächlich an Jore gerichtet. „Wir haben etwas entdeckt", erklärte der. „Mir ist es vor ein paar Tagen schon aufgefallen, aber da war ich mir noch nicht sicher, deshalb hab ich noch nichts gesagt." Kvanagh war sich nicht sicher, ob es gut war, dass Jore seine Beobachtung zunächst für sich behalten hatte, wo sie doch auf jeden noch so vagen Hinweis angewiesen waren. Außerdem hatte Jore Meira bestimmt ins Vertrauen gezogen, vor ihr hätte er gar nicht verheimlichen können, dass ihm etwas aufgefallen war, so gut, wie sie ihn kannte. Aber er konnte Jore auch in gewisser Weise verstehen, dass er nicht voreilig aller Denken in eine vielleicht falsche Richtung hatte lenken wollen, und beschloss, nicht auf diesem Punkt herumzureiten. „Die Geister reagieren auf Leurands Musik", fuhr Jore fort. „Vor vier Tagen hatten wir ein Unwetter ganz dicht am Dorf, erinnerst du dich?" Kvanagh nickte; seit er den Gewittern und Sturmböen nachjagte, hatte er auch ein ungewöhnlich gutes Gedächtnis für sie entwickelt. „Die Häuser am Fluss waren betroffen, und alles auf der Seite bis ganz kurz vor dem Dorfplatz", fasste Jore das Wettergeschehen zu diesem Zeitpunkt zusammen. „Meira hat gesehen, dass Leurand sich ganz dicht daneben unter einem Wagen versteckt hatte. Der Wagen ist trocken geblieben, aber einen Schritt weiter war alles durchweicht." „Du meinst, die Geister haben ihn gezielt verschont?", folgerte Kvanagh überrascht. „Aber warum sollten sie das tun?" „Das kann ich dir nicht sagen", gab Jore zu. „Vielleicht gibt es einen Geist, dem er besonders am Herzen liegt? Dann frage ich mich allerdings, warum Sbreloh zum Beispiel nicht verhindern konnte, dass die Gewitter seine Familie treffen, oder Jeselina, oder dich." „Stimmt, das ist merkwürdig", pflichtete Kvanagh ihm bei. „Du warst dir nicht sicher, ob es etwas zu bedeuten hat, oder?", spann er den Faden weiter. „Es hätte auch ein Zufall sein können, die Gewitter sind ja immer auf einen nicht so großen Bereich begrenzt gewesen." Jore nickte. „Aber jetzt gerade ist es wieder so", erklärte er. „Leurand konnte nicht schlafen, und als er den Schein von unserem Feuer gesehen hat, ist er einfach losgelaufen." Den Rest konnte Kvanagh sich denken, denn Leurand ging nirgendwohin ohne seine Flöte. Er hatte sich also zu Jore und Meira gesetzt und angefangen zu spielen. Und wie weiter?

„Kurz nachdem Leurand angefangen hat, auf der Flöte zu spielen, ist die Wolke gekommen", berichtete Jore. „Sie war ganz nah, gerade so, dass wir nicht nass geworden sind. Oder besser: so, dass Leurand nicht nass geworden ist." „Wir haben es ausprobiert", übernahm Meira. „Die Wolke hat sich zurückgezogen, wenn Leurand aufgehört hat, zu spielen, und ist zurückgekommen, wenn er weitergespielt hat, aber sie war nicht direkt über uns."

„Und du bist sicher, dass sie wegen Leurand angehalten hat?", hakte Kvanagh nach, um sich nicht anmerken zu lassen, wie unbegreiflich sich das alles anhörte. „Könnte es nicht auch ein natürliches Hindernis geben, irgendeinen Luftstrom, der sie abhält?" „Unwahrscheinlich", antwortete Jore sofort. „Die Geister sind bislang überall hingekommen, und es hat auch schon Gewitter über dem Hügel hier gegeben."

Langsam begriff Kvanagh, was Jores Entdeckung bedeutete: Sie konnten Einfluss auf die Wolke als Ganzes nehmen, oder auf das, was sie steuerte. Was genau sich im Inneren der Wolke abspielte, war nach wie vor schleierhaft, aber wenn Jore und Meira mit ihren Schlüssen Recht hatten, dann konnten sie vielleicht schon bald das Dorf von der Plage befreit haben. Sicher, Leurand konnte nicht überall sein, das war Kvanagh klar, und irgendwann musste der Junge auch einmal essen und schlafen. Aber wenn er wirklich mit seinem Flötenspiel die Wolke irgendwie zu besänftigen vermochte, so dass sie ihn von ihren stürmischen Grüßen verschonte, dann konnten sie mit seiner Hilfe die schlimmsten Schäden abwenden. Selbst wenn Leurand nur dafür sorgte, dass wichtige Arbeiten ohne Störung durchgeführt werden konnten, würde das dem Dorf schon eine große Hilfe bedeuten. Außerdem, und das war vielleicht noch viel wichtiger, würde Leurand die Wolke an einen günstigen Platz locken und dort halten können. So konnte er Kvanagh Zeit verschaffen, sich mit den Geistern zu befassen, Zeit, die er dringend brauchen würde, um auch zu jenen Verstorbenen Zugang zu finden, die er zu Lebzeiten nicht persönlich gekannt oder gemieden hatte. Mit etwas Glück würde Kvanagh so mehrere Geister in unmittelbarer Folge aus der Wolke befreien können, und wenn es ganz günstig lief, würde er damit eine Kettenreaktion auslösen. Vielleicht taten sich einige Geister leichter, sich mit seiner Unterstützung aus der Wolke zu lösen, wenn sie sahen, dass die Macht, die sie hielt, nicht unüberwindlich war. So war es doch nicht selten auch mit einem guten Kämpfer: Solange er den Ruf hatte, unbesiegbar zu sein, wagte keiner den Versuch, aber war erst mal einer da, der den Mut aufgebracht und es tatsächlich geschafft hatte, den vermeintlich Unbezwingbaren zu bezwingen, dann folgten ihm andere nach.

Wäre er nicht so müde gewesen, zu müde, um sich so zu konzentrieren, wie es nötig gewesen wäre, um Kontakt zu den Geistern aufzunehmen, Kvanagh hätte sich auf der Stelle wieder an die Arbeit gemacht. Aber er wusste, dass er es nicht schaffen würde, nicht mehr an diesem Abend, und dass er nur Kraft vergeuden würde, die ihm dann am nächsten Morgen fehlen würde, wenn er es trotzdem versuchte. Daher beschloss er, sich zügig wieder schlafen zu legen, und riet Jore und Meira, das Gleiche zu tun. Leurand nahm er mit sich und gab ihm eine Decke, in die er sich wickeln konnte, denn auf keinen Fall wollte er den Jungen allein durch die Nacht zurück zum Dorf schicken. Es war zwar nicht weit, und Leurand kannte den Weg, aber trotzdem, man konnte nie ganz sicher sein, dass sich nicht jemand in der Gegend herumtrieb, der seinen Mitmenschen nichts Gutes wollte. Einen kurzen Moment lang hatte er überlegt, Leurand noch zu begleiten, den Gedanken aber schnell wieder verworfen. Leurands Eltern würden vor dem Morgen ohnehin nicht merken, dass ihr Sohn sich aus dem Haus geschlichen hatte, so dass es genügte, sich bei Sonnenaufgang auf den Weg zu machen. Er musste sich eingestehen, dass sein Wunsch, sich schnell wieder schlafen zu legen, ihm die Entscheidung sehr erleichterte, aber er konnte auch bei nochmaligem Überlegen nicht erkennen, dass irgendjemandem ein Nachteil entstehen würde, wenn er den Jungen jetzt nicht sofort nach Hause brachte.

XXIII

Am nächsten Morgen ging Kvanagh ins Dorf, um sich mit seinem Vater zu besprechen. Einer musste ohnehin gehen, denn sie hatten nicht übermäßig viele Vorräte mit auf die Anhöhe genommen. Jore und Meira hielten die Stellung, obwohl sie ohne Kvanagh nicht viel mehr tun konnten als zu beobachten. Leurand schlief noch, kein Wunder, nachdem er am vorigen Abend so viel länger als üblich wach geblieben war und so viel Aufregung erlebt hatte. Natürlich hatten Kvanagh, Jore und Meira nicht vermeiden können, ihm einen weitreichenden Einblick in ihr Tun zu geben, von dem er bisher allenfalls eine verschwommene Vorstellung gehabt hatte. Für ihn musste das alles ein großes Abenteuer sein, zumal er eine bedeutende Rolle im weiteren Kampf gegen die Unwetter spielen würde, wenn alles so lief, wie Kvanagh, Jore und Meira es sich überlegt hatten.

Ebril hatte inzwischen aufgeben, sich über irgendwas zu wundern, das Kvanagh ihm berichtete. Zu oft hatten sein Sohn und die beiden Gäste des Dorfes, die er unter seine Fittiche genommen hatte, ihn mit Nachrichten überrascht, die den Rahmen des Begreiflichen sprengten. Statt sich zu fragen, wie all das möglich war, freute er sich, dass Kvanagh, Jore und Meira merkliche Fortschritte machten. Noch war keine positive Wirkung für das Dorf zu erkennen, die Unwetter trafen die Umgebung so hart und unberechenbar wie immer seit dem Tag, an dem der Staudamm zerstört worden war, aber Kvanaghs Berichte zeigten, dass er die Geheimnisse der Unheil bringenden Wolke mit Jores und Meiras Hilfe immer weiter entschlüsselte. Ebril teilte Kvanaghs vorsichtige Zuversicht, dass sie inzwischen genug wussten, um die Wolke wirkungsvoll zu bekämpfen und in absehbarer Zeit Zahl und Stärke der Unwetter zu vermindern.

∗∗∗

Nach dem Gespräch mit seinem Vater suchte Kvanagh Leurands Eltern auf. Sie waren gerade erst wach geworden, was Kvanagh auch so beabsichtigt hatte; blieb ihnen doch so der Schrecken erspart, den Schlafplatz ihres Sohnes leer vorzufinden und Leurand nirgends entdecken zu können. Auf der Anhöhe bei Kvanagh hätten sie ihn bestimmt nicht vermutet, die Panik wäre unausweichlich gewesen, wenn sie die Kinder aus der Nachbarschaft nach ihm gefragt und überall nur Schulterzucken zur Antwort bekommen hätten.

Auch sie hatten bisher nur ganz grob gewusst, dass Kvanagh zusammen mit Jore und Meira versuchte, der Ursache für die häufigen Unwetter auf den Grund zu gehen. Entsprechend dauerte es eine Weile, sie ins Bild zu setzen, und danach brauchten sie noch einmal Zeit, um zu begreifen, dass es jetzt nicht zuletzt an ihrem Sohn lag, ob die Plage bald besiegt werden konnte. Sie hatten Angst, ob die schmalen Schultern ihres Jungen diese Last stemmen konnten, aber Kvanagh versicherte ihnen, dass Leurand keine Gefahr drohte. Außerdem würde er persönlich dafür gerade stehen, dass Leurand sich nicht überanstrengte und trotz allem regelmäßig aß und genug schlief. Er hatte den Verdacht, dass Leurand sich sogar freuen würde, von allen anderen Arbeiten entbunden zu sein und den ganzen Tag auf seiner geliebten Flöte spielen zu dürfen.

Zusammen mit Jore und Meira überlegte er, wann und wo sie versuchen sollten, die Wolke anzulocken.

Ein erhöhter Platz war auf jeden Fall gut, weil sie so rechtzeitig sehen konnten, ob jemand in Mitleidenschaft gezogen werden konnte, wenn ein Unwetter über die nähere Umgebung kam. Die Anhöhe, die ihnen bisher als Beobachtungsposten gedient hatte, war allerdings ungeeignet, denn sie lag zu nah am Dorf. In der Nacht hatten sie Glück gehabt, und das Gewitter hatte keinen Schaden angerichtet, aber je nachdem, aus welcher Richtung die Wolke kam, würde sie auf dem Weg zu ihnen genau über dem Dorf hängen bleiben.

Am Ende entschieden sie sich für einen Hügel, der ein gutes Stück näher an den eigentlichen Ausläufern der Bergkette lag. Der war nicht ganz so ideal, was die Sicht betraf, weil durch den geänderten Blickwinkel die Berge die Wolken länger vor ihren Blicken verbergen würden, wenn sie aus westlicher Richtung kam, dafür aber die denkbar beste Wahl, wenn es darum ging, möglichst wenig Schäden entstehen zu lassen. Einem Streifen Ackerland, der möglicherweise betroffen sein würde, würde es wahrscheinlich nicht gut tun, wenn er immer wieder über längere Zeit heftigem Regen, Hagel und starkem Wind ausgesetzt war, aber das war zu verschmerzen im Vergleich zu dem, was die Gewitter immer wieder an verschiedenen Orten in der gesamten Umgebung anrichteten.

Nach dem Frühstück setzte sich Leurand gut sichtbar am Gipfel des Hügels ins Gras und begann, auf seiner Flöte zu spielen. Er spielte eine fröhliche Melodie, und die anderen warteten gespannt darauf, was nun passieren würde. Würde die Wolke kommen?

Sie mussten sich nicht lange gedulden; schon bald wurde im Norden ein dunkler Fleck am Himmel sichtbar. Jore entdeckte ihn als Erster, das war klar, aber es dauerte nicht lange, bis auch Meira und Kvanagh ihn sehen konnten. Die Wolke näherte sich rasch und ohne Umwege, und wenig später wurde das Gelände am Fuß des Hügels von einem heftigen Unwetter überzogen. Das Gewitter mit Hagel und Starkregen erstreckte sich mehr als den halben Hang hinauf, und das abfließende Wasser spülte viel Erde als Schlammstrom zu Tal, aber die vier oben auf dem Hügel bekamen keinen einzigen Tropfen ab. Was auch immer die Wolke lenkte, es war sich der Reichweite sehr genau bewusst, denn Kvanagh musste nur wenige Schritte auf die Wolke zu machen, um vom Wind verwehte Tropfen auf der Haut zu spüren.

Nachdem er einen Moment lang das Geschehen vor seinen Augen betrachtet hatte, trat Kvanagh zurück, stellte sich neben Leurand und zwang sich, seine Gedanken auf Kryswita zu richten. Würde es ihm diesmal gelingen, sie zu einer Antwort zu bewegen?

„Sie kommt nach vorne", berichtete Jore, noch bevor Kvanagh auch nur das geringste Gefühl verspürte, das ihm von Kryswita eingegeben worden sein konnte. „Sieht so aus, als hätte sie gemerkt, dass du da bist und an sie denkst."

Kvanagh antwortete nicht, er wollte sich auf keinen Fall ablenken lassen, aber die Informationen, die Jore ihm übermittelte, waren ihm wichtig. „Bitte, antworte mir!", rief er Kryswita noch einmal in Gedanken zu. „Ich weiß, dass du mich verstehen kannst." Er wartete und lauschte in sich hinein. „Ich weiß, wir haben uns nicht besonders verstanden", gestand er ein. „Aber ich will dir helfen. Du willst doch raus da, oder?"

Jetzt konnte er endlich eine Antwort spüren, und die war so eindeutig Kryswita, dass er fast vermeinte, ihre Stimme zu hören. Es fühlte sich nicht nach einem einfachen „Ja" an, sondern eher wie: „Was glaubst du denn?" Das war genau der Ton, den er von Kryswita kannte, immer etwas grob, nie richtig freundlich. Vielleicht, ging es ihm ganz kurz durch den Kopf, war das ihre Art, mit dem Handwerk ihres Mannes umzugehen, ein Handwerk, das sie nicht mochte, aber in Kauf genommen hatte um des Mannes willen, den sie liebte.

Es hätte vieles leichter gemacht, hätte er ihr diesen Mann als Ziel geben können, so wie er Sbreloh Eltern und Geschwister und Herjul Frau, Sohn und Enkel gegeben hatte als Antrieb, sich aus der Wolke zu befreien. Doch Kryswitas Mann war tot, gestorben an ihrer Seite, und auch die Kinder, die noch im Haus der Eltern gelebt hatten, hatten die Flutwelle, die das Haus am Fluss zerstört hatte, nicht überlebt. Es gab wohl nur eine Person, die Kryswita die Kraft geben konnte, sich freizumachen: ihr Enkelkind, das seiner Geburt noch entgegensah. Die älteste Tochter des Gerberpaares hatte im vergangenen Winter geheiratet und bald darauf das Kommen eines Kindes angekündigt; demzufolge musste es im Herbst so weit sein.

„Denk an dein Enkelkind!", rief er Kryswita stumm zu. „Du willst doch, dass es lebt, oder? Du willst nicht, dass es stirbt, noch bevor es zur Welt kommt, weil seine Mutter zu schwach ist, es auszutragen, oder?"

Er spürte etwas, das er als Zustimmung verstand. „Dann nimm all deine Kraft zusammen und reiß dich los!", beschwor er Kryswita. „Ich weiß nicht, wie es sich für dich anfühlt, wenn du dich aus der Wolke losreißt, aber du schwächst sie damit, davon bin ich überzeugt." Reichte das?

„Sie versucht es", stellte Jore fest. Er sprach ruhig und beschränkte sich auf das, was gesagt werden musste. Kvanagh hatte für sich festgestellt, dass Jore genau die richtige Balance gefunden hatte zwischen möglichst wenig Störung, so dass er sich auf die Geister der Verstorbenen konzentrieren konnte, und dem, was unbedingt mitgeteilt werden musste, weil er das Wissen brauchte, um sein weiteres Vorgehen daran auszurichten.

„Ich weiß, es ist unheimlich schwer", redete er Kryswita weiter zu. „Aber du kannst es schaffen. Denk ganz fest an dein Enkelkind, daran, dass es ein schönes Leben haben soll!"

Er verspürte eine Spannung, die nicht von Kryswita kam, sondern von ihm selbst. Würde sie es schaffen? So rau sie oft gewesen war, er wusste, dass ihre Kinder sich nie darüber beklagt hatten, eine schlechte Mutter zu haben, und zweifelte nicht daran, dass ihr das Leben ihrer verbliebenen Tochter und ihres ungeborenen Enkelkindes alles bedeutete. Aber würde sein eigener Einfluss auf sie reichen, ihr die Kraft zu geben, aus der Wolke auszubrechen?

XXIV

Am Abend dieses ersten Tages, der vielleicht den ganz großen Durchbruch bedeutete, war Kvanagh erschöpft wie schon lange nicht mehr. Dabei hatte er sich körperlich überhaupt nicht angestrengt, die meiste Zeit hatte er auf der Kuppe des Hügels gestanden und in den Gedanken zu den Toten seines Dorfes gesprochen. Kryswita war nur der Anfang gewesen, und ihr Beispiel hatte gezeigt, welch ein wichtiges Gut Zeit war. Es war ein zähes Ringen gewesen, bis Kvanagh den leichten Ruck gespürt hatte, der ihm Kryswitas Befreiung signalisiert hatte, und ohne Leurands Musik hätte die Wolke sich und damit auch Kryswitas Geist längst Kvanaghs Zugriff entzogen.

Kvanagh hatte sich nur eine kurze Pause gegönnt und dann den nächsten Geist angesprochen. Bei den meisten war es etwas leichter gewesen als bei Kryswita, mit ihnen in Kontakt zu treten, weil er zu ihren Lebzeiten häufiger und länger mit ihnen gesprochen hatte, aber auch um sie zu befreien, hatte er seine Gedanken ständig zusammenhalten müssen. In der Intensität, wie er es nun erlebte, war das mindestens so anstrengend wie ein Tag auf dem Feld, und so war er bei aller Freude, so viel geschafft zu haben, und bei aller Zuversicht, in den nächsten Tagen weitere Erfolge erzielen zu können, heilfroh, nach einem Abendessen, um das Meira sich gekümmert hatte, in seine Decken kriechen zu können. Er war so müde, dass er sogar vergaß, Jore und Meira eine gute Nacht zu wünschen.

Die Geister der verstorbenen Dorfbewohner waren nun frei. Kvanagh war sich nicht ganz sicher, ob er sich nicht täuschte, ob es nicht Wunschdenken war, aber er glaubte, wahrgenommen zu haben, dass die Unwetter, die den Hang des Hügels trafen, schon eine Winzigkeit weniger stark waren als vorher. Zu groß konnte der Unterschied noch nicht sein, auch wenn sie mit ihrer Vermutung Recht hatten, denn die Geister der Dorfbewohner hatten im Vergleich zu denen der getöteten Soldaten nur einen sehr geringen Teil der Wolke ausgemacht, wenn diese genauso erfasst worden waren.

Eben weil sich die Wolke vermutlich zum größten Teil aus den Geistern der Soldaten zusammensetzte, war Kvanagh nun auf Hilfe von außerhalb des Dorfes angewiesen. Er hatte keinen der Männer gekannt, und ohne wenigstens ihre Namen zu kennen, konnte er keinen Kontakt mit ihnen aufnehmen. Er versuchte es, indem er einzelne Soldaten nach dem Ort ansprach, an dem sie aufgefunden worden waren, aber das war wohl nicht präzise genug, oder die Anrede mit dem Namen war unerlässlich, um Kontakt zu bekommen. Kvanagh musste einsehen, dass es so nicht ging, und gab für diesen Tag auf.

Zum Glück ergab es sich, dass am nächsten Mittag die Männer zurückkehrten, die Ebril um Informationen zur Garnison geschickt hatte. Sie kamen nicht mit leeren Händen: Der Kommandant der Garnison, zeigte sich durchaus dankbar dafür, dass er selbst von den Dorfbewohnern aus den Bergen geholt und gesund gepflegt worden war, und dass auch vielen seiner Soldaten von Marquar, Lubjenna und anderen geholfen worden war. Er hatte, wenn er schon keine Männer abstellen konnte, Ebrils Abgesandten wenigstens diese Hilfe gewährt und ihnen einen Schreiber zur Seite gestellt, der mit ihnen zusammen alle verbliebenen Männer der Garnison befragt und alles aufgeschrieben hatte, was sie über ihre getöteten Kameraden zu sagen gewusst hatten.

Der Schreiber hatte etliche Rollen Pergament voll-geschrieben, fein säuberlich sortiert, so dass alles, was es über einen bestimmten Mann zu sagen gab, schön bei-sammen stand. Kvanagh würde die Liste der Reihe nach abarbeiten müssen, und er konnte nur hoffen, dass die Informationen, die die beiden von seinem Vater ausge-sandten Männer zusammengetragen hatten, genügten, um zu jedem einzelnen Soldaten Kontakt zu bekommen und ihn dazu zu bringen, sich von der Wolke loszurei-ßen. Es würde Tage, vielleicht Wochen in Anspruch nehmen, denn die Anzahl von Geistern, denen er an einem Tag aus der Wolke helfen konnte, war doppelt begrenzt: Zum einen konnte er sich immer nur um ei-nen Verstorbenen gleichzeitig kümmern, und für jeden brauchte er eine gewisse Zeitspanne, und zum anderen würde irgendwann auch unweigerlich der Punkt kom-men, an dem er sich einfach nicht mehr so konzentrie-ren konnte, wie es nötig war.

Er hätte versucht, den Nachmittag noch zu nutzen, um ein paar Soldaten aus der Wolke zu holen, doch Ebril legte ihm nahe, bis zum nächsten Morgen zu war-ten. „Ich seh dir an, dass du zu wenig geschlafen hast", sagte sein Vater ihm auf den Kopf zu.

Kvanagh wollte protestieren. Ja, er hatte zu wenig geschlafen, und er war müde, aber zum Ausruhen war einfach keine Zeit. Alles ging langsamer voran als er-hofft, Wiederaufbau und Reparaturen im Dorf, der Neubau des Staudamms, selbst die Feldarbeit, und im-mer war es die Wolke, die mit Sturm, Gewitter und Hagel die Arbeiten aufhielt und zurückwarf. Er hatte es in der Hand, dem möglichst rasch ein Ende zu machen, und jeder Tag konnte wichtig sein, wenn es darum ging, fertig zu werden, ehe der Winter hereinbrach. Doch er musste sich eingestehen, dass er an diesem Tag nicht mehr viel zu Wege bringen würde, er würde sich noch eine Weile mit der Liste befassen und ansonsten dafür sorgen, dass er sein Werk am nächsten Morgen frisch und ausgeruht würde angehen können.

XXV

Am nächsten Morgen konnte Kvanagh es kaum erwarten, bis er endlich Leurand abholen und mit ihm zu dem Hügel gehen konnte, wo sie zuletzt sämtliche im Dorf wegen der Flutwelle Gestorbenen befreit hatten. Er musste Rücksicht nehmen auf den Jungen, das war ihm klar, und auch sein Vater hatte es noch einmal betont. So sehr Leurand die Musik liebte, sie durften nicht riskieren, dass er seiner Flöte überdrüssig würde. Sie wussten nicht, ob seine Anziehungskraft auf die Wolke nachließ, wenn er müde wurde oder lustlos spielte.

Meira hatte am Nachmittag, während Kvanagh die Schriftrollen gelesen hatte, auch versucht, andere Kinder Flöte spielen zu lassen, damit Leurand vielleicht abgelöst werden konnte, aber es war keinem der Jungen und Mädchen gelungen, die Wolke anzulocken. Ein Unwetter hatte es gegeben, aber dessen Aufkommen stand ganz offensichtlich nicht im Zusammenhang mit der Flötenmusik, und es hatte den Jungen, der gerade gespielt hatte, auch nicht verschont, so wie Leurand immer so gerade eben verschont geblieben war.

Kvanagh hatte sich für den Anfang einen Soldaten ausgesucht, der schon lange bei der Garnison und bei den Kameraden sehr beliebt gewesen war. Über ihn hatten andere altgediente Männer viel zu berichten gewusst, und sie hatten Ebrils Abgesandten sogar die Namen seiner Frau und seiner Kinder nennen können. Um nicht durcheinanderzukommen wollte Kvanagh die Liste ansonsten der Reihe nach abarbeiten, aber es erschien ihm doch sinnvoll, zunächst mit jemandem zu beginnen, über den er – wenn auch aus zweiter Hand – vergleichsweise viel wusste. Vielleicht konnte er so ein

Gefühl dafür bekommen, was anders war, wenn er versuchte, mit Menschen Kontakt zu bekommen, die er nicht persönlich gekannt hatte.

Leurand setzte sich ins Gras, setzte die Flöte an die Lippen und begann zu spielen. Jore stand neben ihm, um die Wolke zu beobachten, sobald sie kam. Kvanagh suchte sich einige Schritte entfernt einen Felsbrocken, auf dem er recht gut sitzen konnte.

Diesmal ließ die Wolke sich Zeit, und Kvanagh hatte schon überlegt, ob es diesmal vielleicht nicht klappen würde, sie anzulocken, als sie schließlich doch noch kam. Vielleicht hatte sie einfach nur einen weiten Weg gehabt; die Boten, die Ebril ausgesandt hatte, um in den Dörfern in der Umgebung um Hilfe zu bitten, hatten ja berichtet, dass es im ganzen Landstrich kein einziges Dorf gab, das nicht mit den Unwettern zu kämpfen hatte. Dass die Wolke doch noch kam, widerlegte auch Kvanaghs Befürchtung, Leurand hätte sie vielleicht nur mit seiner Musik beeinflussen können, solange noch mindestens ein Geist in ihr gewesen war, der eine persönliche Bindung zum Dorf und damit auch zu dem jungen Flötenspieler hatte. Außerdem musste die Wolke ein sehr, sehr feines Gehör oder sonst ein übermenschliches Gespür für die Musik haben, denn für menschliche Ohren war Leurands Flötenspiel schon im Dorf nicht mehr zu hören.

Sobald die Wolke begann, einen heftigen Platzregen auf den ohnehin schon sichtlich in Mitleidenschaft gezogenen Hang niedergehen zu lassen, rief Kvanagh den Soldaten, mit dem er beginnen wollte, mit Namen. Jore achtete darauf, ob es innerhalb der Wolke Bewegungen gab, auch wenn er nun erstmals ohne Zeichnung auskommen musste. Ein paar äußerliche Merkmale der getöteten Soldaten hatte der Schreiber der Garnison oftmals vermerkt, aber die wenigsten waren einzigartig genug, um jemanden daran eindeutig zu identifizieren; nur wenige der Männer hatten Narben im Gesicht, die man schwerlich verwechseln konnte.

Aber die Reaktionen waren schwer zu verkennen. Jore sah ja die Bewegungen innerhalb der Wolke, und wer sich nach vorn drängte, um denjenigen, der vom Boden aus in Gedanken mit ihm sprach, besser sehen zu können. Von denen, die ganz vorne waren und deshalb nicht von anderen ganz oder zum größten Teil verdeckt wurden, konnte er außerdem den Gesichtsausdruck erkennen und daraus Schlüsse ziehen, die er an Kvanagh weitergab, sofern er selbst glaubte, dass die Hinweise nützlich sein könnten.

„Da kommt jemand vor", sagte er, schon kurz nachdem Kvanagh zum ersten Mal versucht hatte, Kontakt mit dem Soldaten aufzunehmen, den er für den ersten Anlauf ausgewählt hatte. Er beschrieb kurz das Aussehen, und Meira glich seine Angaben mit denen in der Liste ab. „Er ist es", bestätigte sie. „Die Beschreibung passt auf jeden Fall." Das war keine absolute Sicherheit, weil die Beschreibung zu allgemein war und bestimmt auf Dutzende der getöteten Soldaten zutraf, aber nach allen Erfahrungen der letzten Tage gab es keinen vernünftigen Grund, daran zu zweifeln, dass der, der sich da nach vorne schob, derjenige war, den Kvanagh gerufen hatte.

Einen Moment später spürte Kvanagh auch wieder das vertraute Gefühl, aus der Wolke Antwort zu bekommen. Die Art der Antwort allerdings überraschte ihn im ersten Augenblick – er fühlte überraschend viel Unsicherheit und Verwunderung, weit mehr, als er in seinen gedanklichen Gesprächen mit den verstorbenen Dorfbewohnern verspürt hatte. Dann wurde ihm klar, dass es logisch war, dass die Soldaten eigentlich so reagieren mussten; sie kannten ihn schließlich nicht und mussten sich allein schon fragen, woher er überhaupt ihre Namen wusste.

Kvanagh beschloss, sich erst einmal vorzustellen. Das bedeutete zwar, dass er in den nächsten Tagen im Lauf eines Tages ein Dutzend und mehr Male seine Lebensgeschichte erzählen würde, aber welche Wahl hatte er denn? Wie sollte er den Soldaten helfen, sich aus der Wolke zu befreien, wenn sie nicht verstanden, warum er tat, was er tat?

Natürlich kostete es auch Zeit, dem Soldaten zu erklären, dass er aus dem nahe gelegenen Dorf kam, dass er wusste, dass die Geister all derer, die durch die Zerstörung des Staudamms ums Leben gekommen waren, in der Wolke festgehalten wurden, und dass er den Geistern helfen wollte, zu denen zurückzukehren, die ihnen am meisten bedeuteten. Aber es half, denn als er den Soldaten anschließend beschwor, an seine Frau und seine Kinder zu denken, da begann der Geist, sich aus der Wolke zu lösen.

Es war ein heftiges Gezerre, die Macht der Wolke wollte den Geist nicht aus ihren Klauen lassen, und es schien so, als würden zwischendurch die Zweifel an Kvanagh und dem Ausweg, den er aufzeigte, die Hoffnung überwiegen und den Geist in seinem Bemühen um Freiheit zurückwerfen. Kvanagh, der das genau spürte, bemühte sich, den toten Soldaten immer wieder zu bestärken, und endlich, endlich spürte er den nun schon vertrauten Ruck.

XXVI

Kvanagh brauchte Tage um Tage, um die Soldaten der Garnison aus der Wolke zu befreien. Es war anstrengend, und jeder einzelnen Geist brauchte seine Zeit, um sich zu lösen. Obwohl er nun schon einige Erfahrung hatte sammeln können, war es doch mit jedem Geist wieder etwas anders, und mehr als zwei Dutzend waren es nie an einem Tag, die mit seiner Hilfe der Wolke entfliehen konnten. Jeden Abend fiel er erschöpft auf sein Lager, und jeden Abend fragte er sich, ob er nicht schneller hätte voran kommen, ob er nicht noch dem einen oder anderen Geist mehr hätte helfen können.

Am schlimmsten aber waren die Tage zu ertragen, an denen sein Vater ihm eine Pause verordnete. Ebril begründete das damit, dass auch Leurand, der brav Tag für Tag die Flöte spielte, zwischendurch Zeit für etwas anderes brauchte, aber Kvanagh durchschaute ihn. Dass Leurand nach ein paar Tagen, an denen er von morgens bis abends auf seiner Flöte musiziert hatte, eine Unterbrechung brauchte, war bestimmt richtig, aber Kvanagh wusste, dass Ebrils Anordnung auch ihm galt. Er konnte nicht vor seinem Vater verbergen, wie müde er war, wenn er abends nach Hause zurückkehrte, und er verstand, dass Ebril vermeiden wollte, dass er sich zu viel zumutete. Aber der Wolke entgegenzutreten, war nun schon seit Wochen seine vordringlichste Aufgabe, und jetzt, wo es schien, als hätte er zusammen mit Jore und Meira das Geheimnis, wie ihr beizukommen war, entschlüsselt, wollte er es einfach zu Ende bringen.

Immerhin war nicht mehr zu übersehen, dass der Verlust von immer mehr der Geister die Wolke schwächte. Sie war erkennbar kleiner geworden, ihr

Regen erfasste ein kleineres Gebiet als früher, die Gewitter waren weniger stark, die Stürme nicht mehr so mächtig. Das merkten auch die Dorfbewohner, die weitestgehend ungestört ihrer Arbeit nachgehen konnten, seit Leurand mit seinem Flötenspiel die Wolke anzog und sie damit vom Dorf und den Feldern weghielt.

Dann kam endlich der Tag, der vielleicht das endgültige Ende der Wolke sein konnte. Die Liste umfasste nur noch etwas mehr als zwei Dutzend Namen, die Kvanagh noch nicht abgearbeitet hatte. Wenn er einen guten Tag erwischte und nichts Unerwartetes dazwischen kam, dann konnte er das schaffen. Noch früher als sonst machte er sich auf den Weg zum Hügel außerhalb des Dorfes, auf dem er zuletzt den größten Teil seiner Zeit verbracht hatte. Leurand war bei ihm, er war fürchterlich neugierig, was passieren würde, wenn Kvanagh dem letzten Geist zur Flucht verholfen hatte, und hatte nicht gegen den Vorschlag protestiert, noch früher anzufangen als bisher. Jore und Meira waren ohnehin unglaublich zäh, um sie musste Kvanagh sich wirklich keine Sorgen machen.

Er machte gute Fortschritte, und am Nachmittag wusste er, dass er es schaffen würde. Nur noch vier Namen standen auf seiner Liste, er war sogar noch schneller voran gekommen, als er sich erhofft hatte. Er gönnte sich eine Pause, trank einen Schluck Wasser und aß ein Stück Brot. Dann machte er sich an die letzte Etappe und wandte sich an einen jungen Mann, von dem er nicht viel mehr wusste als den Namen. Der Junge, noch kaum erwachsen, war gerade erst zur Garnison gestoßen, er hatte überhaupt noch keine Gelegenheit gehabt, viel von sich zu erzählen, und die wenigen, die ihn in der kurzen Zeit wenigstens ein bisschen kennengelernt hatten, hatten die Flutwelle selbst nicht überlebt.

Endlich hatte Kvanagh die Liste abgearbeitet, doch die Wolke war noch da. Sie war nicht mehr groß, ein Mann hätte sich vielleicht noch hinter ihr verstecken können, aber anders als Kvanagh erwartet hatte, war sie mit dem Geist des letzten befreiten Soldaten nicht gänzlich verschwunden.

Kvanagh wusste nicht, was er davon halten sollte. Die Wolke sah nicht so aus, als würde sie noch viel Unheil anrichten können, der letzte Regenschauer am Mittag war völlig harmlos gewesen, aber bestand nicht die Gefahr, dass sie sich neue Geister holte, sobald jemand in der Umgebung starb? Dann würde sie vielleicht wieder erstarken, und alles würde von vorne losgehen. War das nun sein Schicksal? Den Geistern der Verstorbenen den Weg zu weisen, damit sie nicht wider Willen im Tod den Lebenden Schaden zufügten?

Er beschloss, Jore zu fragen, ob er noch weitere Gesichter in der Wolke sah, Geister, die sie kaum würden befreien können, weil sie nicht wussten, wer sie waren? Unbekannte Reisende, vielleicht von weit her, die in der Umgebung niemand kannte? Oder Soldaten von König Celtern, auf dem Rückzug von ihren Kameraden zurückgelassen, weil sie verletzt gewesen waren, und dann rücksichtslos geopfert?

Doch gerade als Kvanagh den Mund öffnen wollte, tat die Wolke etwas, womit niemand gerechnet hatte: Sie senkte sich, sackte einfach ab, bis sie direkt über dem vom Regen aufgeweichten Boden war. Dunstschleier lösten sich, und sie ließen etwas zurück, das Kvanagh in der hereinbrechenden Dämmerung nicht genau erkennen konnte.

„Es ist ein Mann!", erklärte Jore, sich offenbar der Tatsache bewusst, dass er der Einzige war, der bei diesen Lichtverhältnissen Einzelheiten erkennen konnte.

„Er hat eine Lederrüstung an und ein Schwert bei sich."

„Kannst du erkennen, ob er ein Abzeichen auf der Rüstung hat?", fragte Kvanagh. Die Männer der Garnison trugen das Wappen ihres Königs eingebrannt oder eingestickt auf der Rüstung, aber Kvanagh war sich nicht sicher, ob die Soldaten aus Onyl einander auf ähnliche Weise kenntlich machten. Er nahm es an, denn wie sollten sie sonst im Kampf Freund und Feind unterscheiden?

Jore nickte. „Ein Hirsch mit Schwertern als Geweih." gab er bekannt. Es schien ihm überhaupt keine Mühe zu machen, bei fortgeschrittener Dämmerung auf die doch recht beträchtliche Entfernung solche Details zu erkennen, aber Kvanagh hatte sich längst abgewöhnt, sich über die außergewöhnlich scharfen Augen des Jungen zu wundern.

Was er beschrieb, war das Wappen König Celterns, der Mann also einer seiner Soldaten. Kvanagh kniff die Augen zusammen, um zu sehen, was der Kämpfer machte, aber es war schon zu dunkel, so dass er auf Jore angewiesen war.

Für einen Moment schien der Mann fassungslos zu sein, er sah sich um und begriff offenbar nicht, was geschehen war. Dann schrie er, laut und durchdringend und so voller Zorn, dass es Kvanagh einen Schauer über den Rücken jagte.

Im nächsten Augenblick riss der Mann das Schwert aus der Scheide, hielt es mit beiden Händen hoch, bereit, jeden Kopf zu spalten, der in seine Reichweite kam. Mit wütendem Gebrüll und raumgreifenden Schritten stürmte er den Hang hinauf. Die Steigung schien ihm nichts auszumachen, auch nicht der nasse und rutschige Untergrund. Mit weiten Sprüngen hetzte er bergan, genau auf Kvanagh zu.

Darauf war Kvanagh nicht vorbereitet. Sicher, er war an Waffen ausgebildet worden, wie alle Jungen im Dorf den Umgang mit Schwert und Pike erlernten, sobald sie ein bestimmtes Alter erreicht hatten, aber er hatte nicht daran gedacht, dass der Kampf gegen die Wolke zu einem körperlichen Mann gegen Mann werden könnte. Er hatte keine Waffe mitgenommen, nur das Messer, das er als Werkzeug immer bei sich trug, und damit würde er den Mann aus der Wolke nicht besiegen können.

Gehetzt sah er sich um. Gab es etwas, das er als Waffe verwenden konnte? Einen stabilen Knüppel wenigstens?

„Nimm das hier!" Jore hielt ihm einen beinlangen, armdicken und leicht gekrümmten Ast hin. Das war nicht die ideale Waffe, das Schwert, das der Mann aus der Wolke schwang, war mit Sicherheit härter und handlicher, aber es war immer noch besser, dem offensichtlich Besessenen damit gegenüberzutreten als mit einem vergleichsweise winzigen Messer.

„Danke!", sagte Kvanagh. „Kümmert euch um Leurand! Ihm darf nichts passieren." „Wir passen auf ihn auf", versprach Jore. Kvanagh sah, dass Meira Leurand schon mit sich gezogen hatte und mit ihm im Gebüsch untertauchte. Einen Augenblick später war auch Jore weg, aber Kvanagh ahnte, dass der Junge etwas ausheckte. Er hatte Jore gut genug kennengelernt, um zu wissen, welchen Mut er hatte, und wenn er sich jetzt nicht an seiner Seite zum Kampf stellte, dann weil er einen Weg gefunden hatte, die eigenen Erfolgsaussichten gegen einen besser bewaffneten und vermutlich auch besser ausgebildeten und erfahreneren Kämpfer zu verbessern.

Zunächst aber stand Kvanagh dem heranstürmenden Mann allein gegenüber und musste sehen, dass er die ersten Angriffe unbeschadet überstand. Mit Vorreden hielt sich der Mann jedenfalls nicht auf, aus dem Lauf heraus schlug er mit dem Schwert zu, und Kvanagh hatte alle Mühe, rechtzeitig auszuweichen. Mit einem raschen Schritt zur Seite und einer Drehung des Oberkörpers vermied er, dass ihm der Schädel gespalten oder der Arm zerschmettert wurde. Das Schwert traf nur den Knüppel und schlug Späne heraus. Kvanagh spürte den Einschlag bis hoch in die Schulter, und fast wurde ihm seine primitive Waffe aus der Hand gerissen. Deshalb gelang es ihm auch nicht, seinerseits einen Treffer anzubringen, solange sein Gegner nach dem Fehlschlag noch sein Gleichgewicht suchte. Der Mann fing sich fast beängstigend schnell wieder, kreiselte herum und holte zum nächsten Schlag aus. Kvanagh blockte, und wieder trug der Knüppel eine tiefe Kerbe davon. Verdammt, wenn das so weiter ging, dann würde er Span für Span entwaffnet werden! Irgendwie musste er selbst zum Angriff kommen, aber wie?

Er versuchte eine Ausholbewegung, um dem Angreifer den Knüppel auf den Kopf zu schlagen, musste aber schnell die Richtung ändern, um abermals einen Schlag abzuwehren. Er hatte noch nie einen Kämpfer gesehen, der so rasend schnell hintereinander Schläge austeilte, und dabei gab es im Dorf einige Männer, die ihr Schwert gut zu handhaben wussten. Er selbst gehörte auch nicht zu den Schlechtesten, aber hier fühlte er sich hoffnungslos unterlegen. Ihm taten schon die Arme weh, von den Schwerthieben, die er pariert hatte, aber auch von der schieren Anstrengung, die einfache Waffe zu halten. Wie lange sollte er das durchhalten?

Für den Moment blieb ihm nichts anderes übrig, als zurückzuweichen. Er wollte es nicht, aber immer wieder war er gezwungen, einen Schritt nach hinten zu machen, um dem nächsten Hieb zu entgehen, und nie bekam er eine Gelegenheit, zum Ausgleich auch wieder ein kleines Stück vorzurücken. Er wäre genau in die wütenden Schwerthiebe hineingerannt, wenn er es versucht hätte.

Einmal strauchelte er und wäre fast gestürzt. „Aus!", ging es ihm durch den Kopf. Wenn er einmal auf dem Rücken lag, dann würde nichts und niemand ihn mehr retten können. Gerade eben bekam er mit einer Hand einen Baumstamm zu fassen und konnte so den Sturz abwenden, aber er verlor seinen Knüppel. Daran, ihn wieder aufzuheben, war nicht zu denken, er hätte sich bücken müssen und sich seinem Gegner präsentiert wie auf einem silbernen Tablett. Ihm blieb nur noch sein Messer und die Hoffnung, durch geschickte Bewegungen in die ungeschützte Seite seines Gegners zu kommen.

Doch der Mann aus der Wolke wusste genau, wo er gefährdet war, und vermied es aufmerksam, Kvanagh etwas anderes zu zeigen als die gut geschützte Front. Er musste hart und lange trainiert haben, dass ihm diese Bewegungen genug in Fleisch und Blut übergegangen waren, um sie auch dann nicht zu vergessen, wenn unbeherrschbare Rage Besitz von ihm ergriffen hatte. So wild er auch auf Kvanagh eindrang, so sehr unübersehbarer Vernichtungswille ihn trieb, so wenig gab er Kvanagh eine Chance zu einem Gegenangriff.

Abermals holte der Mann aus. Das Schwert sauste auf Kvanaghs Kopf zu, und Kvanagh schaffte es nur knapp, den Kopf zur Seite zu reißen. Die Schulter wäre getroffen worden – wäre nicht im gleichen Moment der ganze Körper aus dem Gleichgewicht geraten und in die der Schlagrichtung des Schwerts abgewandte Richtung gekippt. Kvanagh hatte überhaupt keine Zeit, sich zu fragen, was da genau passiert war, er nahm ganz einfach an, dass er in irgendeiner Weise gestolpert war, mit einem Fuß am anderen hängengeblieben, in eine Kuhle getreten oder an einen Stein gestoßen, was auch immer. Klar war nur, dass ihn diese unfreiwillige Bewegung davor bewahrt hatte, dass sein rechter Arm zerschmettert wurde, und dass er schnell außer Reichweite kommen musste, ehe sein Gegner nachsetzen konnte. Sonst würde mit dem nächsten Schlag doch alles vorbei sein.

Es tat gemein weh, als Kvanagh mit der Schulter auf den Boden krachte, aber er verbiss sich den Schmerz und rollte sich sofort weiter. Den Arm mit dem Messer hielt er gestreckt, um sich nicht selbst zu verletzten; noch sicherer wäre es gewesen, das Messer fallenzulassen, aber dann wäre er anschließend völlig unbewaffnet gewesen. Mit den bloßen Händen würde er seinen Gegner ganz bestimmt nicht besiegen können; der Mann war nicht nur gut geschützt in seiner Lederrüstung, er war auch so rasend, dass er selbst einen harten Schlag kaum spüren würde.

Schräg über Kvanagh gab es ein dumpfes Geräusch, und sein Gegner stolperte an ihm vorbei. Das kam überraschend, denn bis jetzt hatte der Mann nach jedem Schlag sein Gleichgewicht sofort wiedergefunden und zu keiner Zeit die Kontrolle über seine Waffe verloren. Diese unglaubliche Gewandtheit war ein Grund dafür, dass Kvanagh nie seinerseits einen Schlag hatte landen können, nicht mit dem Knüppel und schon gar nicht mit dem Messer. Jetzt aber fand der Mann gar keinen Halt mehr, und mit einem langgezogenen Schrei verschwand er aus Kvanaghs Blickfeld.

Kvanagh stemmte sich rasch hoch, packte das Messer wieder fester und drehte sich, jeden Moment den Angriff aus der anderen Richtung erwartend. Erst nachdem er einige Augenblick vergeblich geschaut hatte, wo sein Gegner war, wurde ihm klar, dass es diese andere Richtung nicht gab. Er stand zwei Schritte vor einem Abgrund; der kleine Hügel, den er sich für seinen Kampf gegen die Wolke erwählt hatte, fiel an dieser Seite schroff ab, nicht unendlich tief, aber doch tief genug, um bei einem Absturz schwere oder sogar tödliche Verletzungen zu erleiden.

Genau das war seinem Gegner passiert, und Kvanagh mochte gar nicht daran denken, wie viel Glück er selbst dabei gehabt hatte. Noch ein oder zwei Schritte nach hinten, dann hätte er selbst ins Leere getreten und würde nun dort unten liegen. Sein glücklicher Stolperer hatte stattdessen den ungleichen Kampf zu seinen Gunsten entschieden.

Dann wurde ihm bewusst, dass es nicht nur Glück gewesen war: Meira stand neben ihm, es sah ganz so aus, als hätte sie ihn gerade noch zur Seite gerissen, bevor er, nicht ahnend, wie nah er dem Abgrund schon war, den entscheidenden einen Schritt zu viel nach hinten gemacht hatte. Jore stand direkt an der Kante, und als Kvanagh den Knüppel in seiner Hand sah, begriff er plötzlich, dass er dem Absturz des Mannes aus der Wolke nachgeholfen hatte. Jore und Meira hatten das offenbar genau geplant, während er, Kvanagh, sich der wütenden Attacken seines Gegners hatte erwehren müssen, und ihren Plan in perfektem Zusammenspiel umgesetzt. Ihnen musste klar gewesen sein, dass er den Kampf kaum gewinnen konnte, und dass es ihm auch nicht viel helfen würde, wenn sie sich gemeinsam mit ihm auf den besser bewaffneten und erfahreneren Gegner warfen.

„Danke!", brachte er hervor. „Das habt ihr echt gut gemacht." „Schon gut", wiegelte Jore ab. „Ein Glück, dass es hier so runter geht!" „Ist er tot?", erkundigte

Kvanagh sich. „Er lebt noch", antwortete Jore. „Er bewegt sich. Aber ich glaube, retten können wir ihn nicht mehr. Er spuckt die ganze Zeit Blut."

Kvanagh war sich nicht sicher, ob er den Mann überhaupt retten wollte. Immerhin hätte der ihn umgekehrt auch getötet, und er schien die Wolke gelenkt zu haben, die nicht nur dem Dorf so viele Schwierigkeiten bereitet hatte. Die Nachrichten aus den nächstgelegenen Ansiedlungen waren spärlich, deshalb wusste Kvanagh nicht, ob die Unwetter oder ihre Folgen irgendwo jemanden das Leben gekostet hatten, aber gewundert hätte es ihn nicht. Blitzeinschläge, vom Regen ausgelöste Erdrutsche, sprunghaft über die Ufer getretene Flüsse, das waren alles tödliche Gefahren, die von den Unwettern ausgegangen sein konnten, und vielleicht hatten nicht alle Dörfer so viel Glück gehabt wie Kvanaghs, wo es nur Verletzte gegeben hatte, aber keine Toten.

Noch verstand Kvanagh aber die Zusammenhänge nicht ganz, er wollte wissen, wie sich die Wolke aus den Geistern der Verstorbenen überhaupt hatte bilden können. Der einzige, der das wahrscheinlich wusste, war der Mann, den Jore gerade über die Kante in den Abgrund gestoßen hatte, und wenn er noch lebte, dann würde er vielleicht auch noch reden können.

Deshalb riss Kvanagh sich zusammen und eilte den Hang hinunter, so schnell, wie es möglich war, ohne sich selbst der Gefahr eines Sturzes mit bösen Folgen auszusetzen. Jore und Meira folgten ihm dichtauf, Jore immer noch mit dem Knüppel in der Hand, obwohl nicht zu erwarten war, dass er ihn noch einmal brauchen würde. Wer so tief abgestürzt war wie der Mann aus der Wolke, der konnte einfach nicht mehr in der Lage sein, aufzuspringen und anzugreifen, und Kvanagh würde genug Abstand halten, dass der Mann ihm nicht noch mit letzter Kraft ein Messer zwischen die Rippen stieß.

Sie umrundeten im Laufschritt den Fuß des Hügels und erreichten die Stelle, an der der Mann aus der Wolke aufgeschlagen war. Der Mann lag verkrümmt da und presste eine Hand auf den Leib, aber mit der anderen versuchte er tatsächlich, sich hochzustemmen. Es würde ihm nicht gelingen, man sah, dass er dafür nicht mehr die Kraft hatte, aber sein Wille schien ungebrochen. Sein Atem ging stoßweise, und Blut lief über das Kinn. Er musste unglaubliche Schmerzen haben, aber er schrie nicht und wimmerte nicht.

„Wer bist du?", fragte Kvanagh ihn aus drei Schritten Entfernung. Näher heranzugehen, schien ihm zu gewagt, obwohl er überzeugt war, dass der Mann wirklich tödlich verletzt war und nicht nur so tat, um seinen Gegner zu einer unvorsichtigen Tat zu verleiten.

„Ist doch gleich!", keuchte der Mann. „Es ist ohnehin vorbei." „Ja, es ist vorbei", bestätigte Kvanagh. „Aber genau deshalb hast du nichts mehr davon, wenn du schweigst. Dir kann es egal sein, was ich weiß oder nicht. Niemand wird dich mehr für dein Schweigen belohnen. Also, wie heißt du?"

„Bogdrun", würgte der Mann hervor, gefolgt von einem neuen Schwall Blut. „Hast Du die Wolke mit den Geistern der Toten gelenkt?", fragte Kvanagh weiter. Diesmal nickte Bogdrun nur, verständlich, wenn ihm das Blut in den Hals lief.

„Wer hat dir den Auftrag gegeben?", setzte Kvanagh die Befragung fort. Bogdrun antwortete mit einem Namen, der Kvanagh nichts sagte, und erklärte auf Nachfrage, dass es sich um einen Mann handelte, der direkt von König Celtern geschickt worden war, jemand, der über schier unbegrenztes Wissen und große magische Fähigkeiten verfügte. Nach der Niederlage der Soldaten gegen die Garnison König Archals sollte die Wolke verhindern, dass sich der Landstrich am Fuß der Berge nach der Zerstörung des Staudamms wieder erholte, und den Boden bereiten für einen späteren neuerlichen Angriff, der in der dann stark geschwächten Grenzregion auf keinen nennenswerten Widerstand mehr treffen sollte.

Bogdrun wurde zusehends schwächer, aber er konnte noch berichten, dass er dafür ausgewählt worden war, der Kopf der Wolke zu werden, weil er der härteste und unerschrockenste Kämpfer war, den die Armee Onyls in ihren Reihen hatte. Ursprünglich war er Bauer gewesen, doch als Räuber seinen Hof niedergebrannt, seine Frau vergewaltigt und ermordet und selbst seinen kleinen Sohn umgebracht hatten, hatte er sich zur Armee gemeldet. Weil ihm nichts mehr irgendwas bedeutete, war er der ideale Mann gewesen für die Mission jenseits der Grenze.

Jetzt hatte Kvanagh auch einen Verdacht, warum die Wolke Leurand immer wieder gesucht, ihn aber auch jedes Mal verschont hatte. Bogdrun bestätigte es: Auch sein Sohn hatte es geliebt, auf seiner Flöte zu spielen, und Leurand sah dem Jungen sogar sehr ähnlich; für Bogdrun war es gewesen, als wäre sein ermordeter Sohn in Leurand zu ihm zurückgekehrt. Das schien ihn glücklich zu machen und ihn mit seinem eigenen Schicksal zu versöhnen. Als seine Augen brachen, hatte er ein kaum erkennbares Lächeln auf den Lippen.

XXVII

Nachdem Bogdrun gestorben war, suchte Kvanagh sich einen Stein, auf den er sich setzen
konnte. Er lehnte sich zurück und schloss für
einen Moment die Augen. Der harte Kampf gegen
Bogdrun hatte ihn erschöpft, aber seine Gedanken ras-
ten. Zu viel war an diesem Tag auf ihn eingestürzt, er
brauchte einfach die Zeit, um das alles zu sortieren.

Da war die Erleichterung, dass es vorbei war, dass
die Wolke, die dem Dorf so viel Schaden zu gefügt hatte, nicht mehr war. Der Plan König Celterns, das
Grenzgebiet so zu verwüsten, dass König Archals Armee nicht mehr in der Lage sein würde, es zu verteidigen und den Feind zurückzuschlagen, ehe er mit einer
großen Streitmacht im Land stand, war damit gescheitert, und wahrscheinlich würde es König Celtern in
seinen Eroberungsplänen um Jahre zurückwerfen. Das
würde König Archal Zeit geben, die Garnison wieder
zur alten Stärke aufzubauen und vielleicht sogar einen
Gegenstoß zu führen, der das benachbarte Königreich
noch länger außer Stand setzte, einen neuen Angriff zu
wagen.

Auf der anderen Seite war da aber auch ein Un-
wohlsein, das nichts mit den noch immer von der Anstrengung schmerzenden Muskeln zu tun hatte, ein Un-
wohlsein, von dem Kvanagh erst nach und nach begriff,
dass es sich um ein Gefühl des schuldig Seins handelte.
Er war zwar an Waffen ausgebildet worden, aber es war
sein erster Kampf gewesen, in dem es tatsächlich um
Leben und Tod gegangen war, er hatte gejagt und Tiere
getötet für Fleisch, Felle und Leder, war aufgewachsen
mit dieser Notwendigkeit, aber nun hatte er zum ersten
Mal in seinem Leben einen Menschen töten müssen. Er

hätte nicht gedacht, dass ihn das so mitnehmen würde, obwohl er Männer aus dem Dorf, die früher in der Garnison gedient hatten, hatte erzählen hören, dass es nie ein gutes Gefühl war. Auch dass er Bogdrun genau genommen nicht selbst getötet hatte, dass Jore derjenige gewesen war, der dem Mann aus der Wolke den entscheidenden Stoß gegeben hatte, machte kaum einen Unterschied. Er hätte Bogdrun selbst getötet, wenn sich ihm eine Möglichkeit geboten hätte, schlicht um sein eigenes Leben zu verteidigen, und nur dass er es nicht geschafft hatte, dem Kampf die entscheidende Wende zu geben, hatte Jore gezwungen, Bogdruns Leben zu einem hässlichen Ende zu bringen.

Vielleicht würde irgendwann das Wissen, dass Bogdrun ihm keine Wahl gelassen hatte und dass er nach dem, was seiner Familie angetan worden war, eigentlich kein anderes Ende hatte finden können als ein gewaltsames, irgendwann die Oberhand gewinnen. Bis dahin konnte Kvanagh nichts tun, als sich möglichst gut abzulenken, und es gab genug, was er nun zu tun hatte. Zuallererst vergewisserte er sich, dass Leurand nichts geschehen war; den Jungen hatte er während des Kampfes zwangsweise aus den Augen verloren, aber Meira hatte sich um ihn gekümmert, ihn weit genug weg geführt, dass er nicht mehr gefährdet war, und ihm eingeschärft, sich nicht zu rühren, bis er gerufen wurde. Auf diese Weise hatte sie auch erreicht, dass Leurand den zerschmetterten Körper Bogdruns nicht zu Gesicht bekommen hatte. Als sie sich anschickten, ins Dorf zurückzukehren, war er erfüllt von Stolz, einen wichtigen Teil dazu beigetragen zu haben, großen Schaden von seinem Dorf abzuwenden, und unbelastet von dem, was Kvanagh, Jore und Meira hatten sehen müssen.

Zurück im Dorf suchte Kvanagh zunächst nach seinem Vater und fand ihn im Stall eines Nachbarn, wo er zusammen mit dem Bauern und dessen Knecht ein notdürftiges Gatter baute, um eine Kuh und ihre gerade geborenes Kalb zu schützen. Auf diese Weise wurden die beiden Männer vom Nachbarhof die ersten Zeugen neben dem ohnehin eingeweihten Kreis, die die guten Neuigkeiten erfuhren. Ebril, selbst erst überrascht, obwohl Kvanagh ihn täglich über seine Fortschritte auf dem Laufenden gehalten hatte, dann grenzenlos erleichtert, bat den Bauern und seinen Knecht, das Gehörte noch für sich zu behalten; er würde am Abend alle Dorfbewohner zusammenrufen und ihnen alles von Anfang an erklären. Bis dahin wollte er unbedingt vermeiden, dass die Gerüchte ins Kraut schossen, denn wenn erst einmal Halbwissen und Phantasie ein enges Geflecht eingegangen waren, dann würde es nur umso schwerer werden, die Wahrheit bekanntzumachen. Außerdem waren ohnehin schon genug Gerüchte in Umlauf, weil natürlich alle gesehen hatten, dass Kvanagh, Jore und Meira wochenlang kaum oder gar nicht im Dorf und auf den Feldern gearbeitet hatten, Ebril dazu aber kaum etwas gesagt hatte. Er war kein Mann, der gern über etwas sprach, über das er selbst zu wenig wusste, und schon gar nicht hatte er Hoffnungen wecken wollen, die sich vielleicht nicht erfüllen würden.

Die verbleibende Zeit wollte er nutzen, um sich alles noch einmal und dann ganz genau erzählen zu lassen, und dann für die nächsten Tage zu planen. Dass die Wolke nun verschwunden war, eröffnete ihm eine Reihe von Möglichkeiten, einerseits, weil mit Kvanagh nun eine wichtige Arbeitskraft nicht mehr anderweitig gebunden war, und andererseits, weil viele Arbeiten besser von der Hand gehen würden. Die üblichen Wettererscheinungen wussten die Dorfbewohner zu deuten und mit ihnen umzugehen, es musste niemand mehr abgestellt werden, der immer den Himmel im Auge hatte und die anderen rechtzeitig warnte, viele Arbeiten waren einfacher, wenn nicht ständig alles so weit wie möglich abgedeckt sein musste wegen der jederzeit zu befürchtenden Unwetter... Ja, es würde vieles einfacher werden, und es bestand Hoffnung, dass bis zum Winter alles repariert sein würde, auch der Staudamm, und dass genug Vorräte würden eingelagert werden können, um die kalte Jahreszeit zu überstehen.

Die Gedanken an die nächsten Tage lenkten Ebril zum Glück auch davon ab, dass sein Erstgeborener froh sein konnte, die Begegnung mit Bogdrun lebend überstanden zu haben. Kvanagh dagegen wurde im Lauf des Nachmittags immer stiller, aber das war weniger der nachträgliche Schreck als die Ahnung, dass Jore und Meira nun wohl bald in ihr eigenes Dorf zurückkehren würden. Er wollte es sich nicht eingestehen, aber irgendwie waren sie ein Teil seines Lebens geworden, und sie würden ihm fehlen.

Anmerken lassen wollte er sich das aber auf gar keinen Fall. Als Jore und Meira am Morgen des übernächsten Tages tatsächlich aufbrachen, kam er bewusst erst im letzten Augenblick, als die beiden sich schon von allen anderen verabschiedet hatten. Seine Schwestern weinten und drückten Meira an sich wie um sie festzuhalten, und Kvanagh merkte, dass er selbst einen Kloß im Hals hatte, der sich nur mit Mühe herunterschlucken ließ.

„Es war gut, dass ihr gekommen seid, um uns zu helfen", sagte er bewusst sachlich. „Das hat einiges einfacher gemacht. Ich danke euch." Unauffällig sah er in die Runde – merkte irgendjemand, wie es in ihm aussah?

Meira sicherlich, ihr Gespür war untrüglich, aber sie würde ihn nicht verraten. „Wir haben es gern getan", sagte sie, und Jore nickte zustimmend. „Und ich bin mir sicher, wir sehen uns wieder."

Dann war es vorbei, Jore und Meira umarmten Kvanagh, der nicht wusste, ob er das wollte, aber irgendwie doch wollte, und entfernten sich dann mit raschen, festen Schritten. Einige Male drehten sie sich noch um und winkten, und Jore schaute zwischendurch zum Himmel und nickte leicht, so sah es zumindest für Kvanagh aus. Er konnte dort oben, wo in den letzten Wochen so viel Unglück hergezogen war, nichts erkennen, aber Jore schien dort, auf welche Weise auch immer, die letzte Bestätigung dafür gefunden zu haben, dass er und Meira alles richtig gemacht hatten und nun getrost nach Hause gehen konnten. „Kommt gut nach Hause!", murmelte er, so leise, dass es nicht einmal Quenmerva und Asmerle hören konnten, die ihn umklammerten. „Und kommt irgendwann einmal wieder."

Die Autoren

René Bote ist ein Kind der siebziger Jahre und des Ruhrgebiets. Er schreibt seit vielen Jahren und hat bereits eine Reihe von Kinder- und Jugendbüchern veröffentlicht. Eine Liste ist im Internet unter www.rene-bote.jimdo.de zu finden.

Martin Felsesbach ist seit mehr als fünfzehn Jahren passionierter Fantasy-Rollenspieler. Er hat im Lauf der Zeit viele Geschichten für seine Gruppe entwickelt, *Der Fluch von Gárbeth* ist nach *Der Mann, der den Hunger befahl* seine zweite Buchveröffentlichung.

René Bote - Martin Felsesbach

Der Mann, der den

Hunger befahl

Als der Winter kein Ende nehmen will, befiehlt Barn, der Oberste des Dorfes, dass nur noch die zu essen bekommen sollen, die arbeiten können. Es ist das Todesurteil für die Alten und Kranken, und auch für seinen eigenen Sohn, denn Jore ist blind. Zum Glück hält Meira zu Jore, seine einzige Freundin, und teilt ihre kargen Rationen mit ihm, aber das wenige Essen, das Meira zugeteilt wird, reicht nicht für zwei. Meira wird selbst immer schwächer, bald wird sich nicht mehr arbeiten können und selbst keine Rationen mehr bekommen, und dann wären sie beide verloren. Jetzt gibt es nur noch einen, der die Macht hat, ihnen zu helfen, doch von diesem einen wusste noch nie jemand etwas Freundliches zu berichten...

René Bote – Martin Felsesbach
Der Mann, der den Hunger befahl
Taschenbuch oder Ebook 152 Seiten
ISBN: 978-3-8370-7631-8